## 作者简介

**郭沫若** （1892–1978），原名郭开贞，号鼎堂，四川乐山人。中国现代著名文学家、历史学家、古文字学家、翻译家、社会活动家、书法家，新诗奠基人之一。曾任政务院副总理、全国政协副主席、全国人大副委员长、中国科学院院长、中国文联主席等。著有《郭沫若全集》共三十八卷。

## 汇校者简介

 **孟文博** 现任教于山东大学（威海）文化传播学院，文学博士，副教授，中国郭沫若研究会理事，曾在国内核心期刊发表学术论文十余篇，获省、市社科奖多次。

本书为2014年国家社科基金重点项目"郭沫若作品修改及因由研究"（14AZW014）阶段性成果

《文艺论集续集》 汇校本

郭沫若◎著

孟文博◎汇校

人民日报学术文库

人民日报
出版社·北京

图书在版编目（CIP）数据

《文艺论集续集》汇校本／郭沫若著；孟文博汇校
. —北京：人民日报出版社，2019.7
ISBN 978－7－5115－6117－6

Ⅰ.①文⋯ Ⅱ.①郭⋯②孟⋯ Ⅲ.①文艺评论—中
国—文集 Ⅳ.①I206-53

中国版本图书馆 CIP 数据核字（2019）第 135302 号

书　　名：《文艺论集续集》汇校本
　　　　　《WENYI LUNJI XUJI》HUIJIAO BEN
作　　者：郭沫若著　孟文博汇校
————————————————————————————————
出 版 人：董　伟
责任编辑：葛　倩
封面设计：中联学林
————————————————————————————————
出版发行：人民日报出版社
社　　址：北京金台西路 2 号
邮政编码：100733
发行热线：（010）65369509　65369846　65363528　65369512
邮购热线：（010）65369530　65363527
编辑热线：（010）65363486
网　　址：www. peopledailypress. com
经　　销：新华书店
印　　刷：三河市华东印刷有限公司
————————————————————————————————
开　　本：710mm×1000mm　1/16
字　　数：130 千字
印　　张：10
印　　次：2019 年 7 月第 1 版　　2019 年 7 月第 1 次印刷
————————————————————————————————
书　　号：ISBN 978－7－5115－6117－6
定　　价：68.00 元

# 前　言

　　《文艺论集续集》是郭沫若继《文艺论集》之后出版的第二部专门论述文艺问题的论文集，郭沫若作为一个文艺评论家，其专门的文艺评论集仅此两部。两部文集中所收录的论文一直以来都是学界研究郭沫若文艺思想的重要参考资料，而同时，郭沫若在日后对这两部文集内容的删削修改也是非常大的。鉴于这些原因，早在20世纪80年代就曾有学者对《文艺论集》进行过汇校，形成了《〈文艺论集〉汇校本》，为学界研究郭沫若提供了一个重要的参考资料。但遗憾的是，目前为止学界还从没有人对《文艺论集续集》进行过系统的汇校工作，这也是笔者出版此部《〈文艺论集续集〉汇校本》的初衷。

　　《文艺论集续集》共收入论文11篇，比《文艺论集》最初出版时的31篇在数量上少了不少，但是郭沫若更重视这部"续集"的辑录和出版。他于1925年12月出版的《文艺论集》，完全是"无心插柳"的结果。最初泰东书局的伙计沈松泉约稿时，他"临时决定的"，并由沈松泉代劳，"帮他搜集他在各报刊上发表过的文章"①。另外郭沫若在出版这部《文艺论集》之前早已宣称"我现在成了个彻底的马克思主义的信徒了！马克思主义在我们所处的这个时代是唯一的宝筏"②，而其中所收录的文章，又都是郭沫若思想转变之前的作品，因此郭沫若称，"这部小小的论文集，严格地说时，可以说是我的坟墓吧"③。但是相比之下，郭沫若出版《文艺论集续集》却是真正的"有心栽花"，其中的文章在创作时间的跨度上长达 7 年，在这 7 年时间内，郭沫若还曾创作过大量其他的文艺论文，但最后只精挑细选出这 11 篇录入此文集，而这 11 篇文章也全部都是表现其"马克思主义"观念的作品，可以说他在选录文章的标准方面是非常明确的，态度也是极为认真的。另外这部文集的出版时间也非常特殊，其时郭沫若还在日本过着"穷得要死，环境也特别不自由"④ 的生活，但却一直密切关注着国内左翼文坛的动向。就在这部论文集出版的前一年，郭沫若便连续创作了《新兴大众文艺的认识》《普罗文艺的大众化》《文学革命之回顾》等激进的论文，以极为积极的姿态参与到国内左翼文艺运动中去，而出版此论文集，

---

① 沈松泉：《关于光华书局的回忆》，《古旧书讯》，1981 年第 5、6 期，1982 年第 1 期。
② 郭沫若：《孤鸿》，《创造月刊》，1926 年第 2 期。
③ 郭沫若：《文艺论集·序》，上海光华书局，1930 年版。
④ 美蒂：《郭沫若印象记》，黄人影：《文坛印象记》，上海乐华图书出版公司，1932 年版。

也是他这种姿态的进一步体现。

　　郭沫若把最初发表在各个报刊上的文艺论文收入《文艺论集续集》时，对它们所进行了第一次修改，但修改内容并不算多。郭沫若对《文艺论集续集》中各篇论文的第二次集中修改是在20世纪五50年代末《沫若文集》开始陆续出版之时。《文艺论集续集》被收入《沫若文集》第十卷，借这次机会，郭沫若对其中的每一篇文章内容都做了较大幅度的修改。

　　因此总的来看，郭沫若一开始便对这部文集的出版非常重视，而其中的文章及其修改又对我们还原和研究郭沫若的文艺思想有着重要意义，有鉴于此，笔者搜集齐全了《文艺论集续集》的全部版本，对它们进行了汇校，形成了这部《〈文艺论集续集〉汇校本》。

　　《文艺论集续集》共收录了郭沫若从1923年至1931年间的文论10篇和书信1封，在本书中笔者把这11篇文献最初发表时的版本均称为"最初版"。《文艺论集续集》最初由上海光华书局于1931年9月出版，在本书中，笔者把这版本称为"光华版"。1958年6月，由人民文学出版社出版的《沫若文集》第十卷中的版本，是经郭沫若修改的最后一个版本，1989年10月，人民文学出版社出版《郭沫若全集》文学编第十六卷，其中所收录的《文艺论集续集》便是依据此版本，但《郭沫若全集》对于每篇文章只注明了出处，而没有说明郭沫若是否对其进行过修改，进行了哪些修改，这便很容易让读者误以为《郭沫若全集》

中的文章便是其最初发表时的状态，给阅读和研究造成不便，不能不说是个遗憾。

　　关于本书的体例，笔者循以往各种汇校本的惯例，同时也为方便读者查阅，选择郭沫若最后修订的《沫若文集》第十卷中的版本为底本，对于各处修改的注释，则仿照《〈文艺论集〉汇校本》的样式，凡是有字词改动的句子，均用〔 〕摘出，然后注明此句在"最初版"和"光华版"中的状态，最后以页下注的方式标注在页面底端。需要格外说明的是，在底本之中，很多字词与当前语言规范是不一致的，如"像"、"什么"、"哪"这些词在底本中为"象"、"甚么"、"那"，本汇校本从学术研究保留历史资料的角度出发，对这些字词及用法加以保留。

# 目 录
## CONTENTS

# 我们的文学新运动<sup>①</sup>

中国的政治局面已到了破产的地步。野兽般的武人专横，破廉耻的政客蠢动，贪婪的外来资本家压迫，把我们中华民族的血泪排抑成了黄河、扬子江一样的赤流。<sup>②</sup>

我们暴露于战乱的惨祸之下，我们受着资本主义这条毒龙的巨爪的搏弄<sup>③</sup>。我们渴望着平和，我们景慕着理想，我们喘求着生命之泉。

但是，让自然做我们的先生吧！在霜雪的严威之下新的生命酸酵，一切草木、一切飞潜蠕匍，不久便将齐唱凯歌，欢迎阳春

---

① 本篇最初发表于 1923 年 5 月 27 日《创造周报》第三号。

② 〔中国的政治局面已到了破产的地步。野兽般的武人专横，破廉耻的政客蠢动，贪婪的外来资本家压迫，把我们中华民族的血泪排抑成了黄河、扬子江一样的赤流。〕最初版、光华版作："中国的政治生涯几乎到了破产的地位。野兽般的武人之专横，破廉耻的政客之蠢动，贪婪的外来资本家之压迫，把我们中华民族的血泪排抑成了黄河、扬子江一样的赤流。"

③ 〔搏弄〕最初版、光华版作："蹂弄"。

1

归来。①

更让历史做我们的先生吧！凡受着物质苦厄的民族必见惠于精神的富裕②，产生但丁的意大利，产生歌德、许雷的日耳曼，在当时都未受到物质的恩惠。③

所以我们浩叹，我们愤慨④，但是我们决不悲观，决不失望！我们的眼泪会成新生命的流泉，我们的痛苦会成分娩时的产痛⑤，我们的确信是如此。

我们现在对于任何方面都要激起一种新的运动⑥，我们于文学事业中也正是不能满足于现状，要打破从来因袭的样式而求新的生命之新的表现。⑦

四五年前的白话文革命，在破了的絮袄上虽打上了几个补绽，在污了的粉壁上虽涂上了一层白垩，但是里面内容依然还是

---

① 〔不久便将齐唱凯歌，欢迎阳春归来〕最初版、光华版作："不久便将齐唱凯旋之歌，欢迎阳春之归至"。

② 〔凡受着物质苦厄的民族必见惠于精神的富裕〕最初版、光华版作："凡受着物质的苦厄之民族必见惠于精神的富裕"。

③ 〔在当时都未受到物质的恩惠〕最初版、光华版作："在当时是决未曾膺受物质的恩惠"。

④ 〔我们愤慨〕最初版作："我们懊恼"，光华版作："我们懊悔"。

⑤ 〔我们的眼泪会成新生命的流泉，我们的痛苦会成分娩时的产痛〕最初版作："我们的眼泪会成为生命之源泉，我们的痛苦会成为分娩时之产痛"，光华版作："我们的眼泪会成新生命之流泉，我们的痛苦会成分娩时之产痛"。

⑥ 〔我们现在对于任何方面都要激起一种新的运动〕最初版、光华版作："我们现在于任何方面都要激起一种新的运动"。

⑦ 〔要打破从来因袭的样式而求新的生命之新的表现〕最初版在"从来"一词后有一个"的"字，光华版同。

败棉①，依然还是粪土。Bourgeois（资产阶级）的根性②，在那些提倡者与附和者之中是植根太深了。我们要把恶根性和盘推翻，要把那败棉烧成灰烬，把那粪土消灭于无形。

我们要自己种棉，自己开花，自己结絮。

我们要自己做太阳，自己发光，自己爆发出些新鲜的星球。

中国的现状指示我们以两条道路。

我们宜不染于污泥，遁隐山林，与自然为友而为人生之逃遁者③；

不则彻底奋斗，做个纠纠的人生之战士与丑恶的社会交绥。

我们的精神教我们择取后路，我们的精神不许我们退撄。我们要如暴风一样怒号④，我们要如火山一样爆发，要把一切的腐败的存在扫荡尽，烧葬尽，进射出全部的灵魂，提供出全部的生命。⑤

黄河与扬子江系自然暗示跟我们的两篇伟大的杰作⑥。承受

---

① 〔在污了的粉壁上虽涂上了一层白垩，但是里面内容依然还是败棉〕最初版、光华版作："在污了的粉壁上虽然涂上了一层白垩，但是里面的内容依然还是败棉"。

② 〔Bourgeois（资产阶级）的根性〕最初版、光华版作："Bourgeois 的根性"。

③ 〔逃遁者〕最初版作："逃避者"，光华版作："逃者"。

④ 〔怒号〕最初版、光华版作："唤号"。

⑤ 〔提供出全部的生命〕最初版、光华版作："提呈出全部的生命"。

⑥ 〔黄河与扬子江系自然暗示跟我们的两篇伟大的杰作〕最初版作："黄河与扬子江系是自然暗示于我们的两篇伟大的杰作"、光华版作："黄河与扬子江系自然暗示于我们的两篇伟大的杰作"。

天来的雨露，摄取地上的流泉，融化一切外来之物于自我之中，成为自我的血液①，滚滚而流，流出全部的自我②。有崖石的抵抗则破坏，有不合理的堤防则破坏，提起全部的血力，提起全部的精神，向永恒的和平海洋滔滔前进！③

——黄河扬子江一样的文学！

这便是我们所提出的标语（Motto）。④

光明之前有浑沌，创造之前有破坏。新的酒不能盛容于旧的革囊。凤凰要再生，要先把尸骸火葬。我们的事业，在目下浑沌之中，要先从破坏做起。我们的精神为反抗的烈火燃得透明。

我们反抗资本主义的毒龙。我们反抗不以个性为根底的既成道德。我们反抗否定人生的一切既成宗教。

我们反抗藩篱人生的一切不合理的畛域。⑤

我们反抗由以上种种所产生出的文学上的情趣。⑥

我们反抗盛容那种情趣的奴隶根性的文学。

---

① 〔使为自我的血液〕最初版、光华版作："使为自我之血液"。
② 〔流出全部的自我〕最初版、光华版作："流出全部之自我"。
③ 〔向永恒的和平海洋滔滔前进〕最初版作："向永恒的平和之海滔滔流进"，光华版作："向永恒的平和之流滔滔前进"。
④ 〔这便是我们所提出的标语（Motto）〕最初版作："这便是我们所奉的标言Motto"，光华版作："这便是我们所奉的标语Motto"。
⑤ 〔藩篱人生〕最初版作："藩篱人世"，光华版同。
⑥ 〔我们反抗由以上种种所产生出的文学上的情趣〕最初版作："我们反抗由上种种所派生出的文学上的情趣"，光华版同。

我们的运动要在文学之中爆发出无产阶级的精神，精赤裸裸的人性。

我们的目的要以生命的炸弹来打破这毒龙的魔宫。

1923 年 5 月 18 日①

---

① 最初版无此日期注明，光华版的日期注明为："一九二三年，五月，十八日"。最初版在篇尾有一篇"附白"，光华版和人民文学出版社各版均删除，现录于下方：

【附白】日本的大阪每日新闻在本月二十五日要出一次英文的《支那介绍专号》，该报驻沪记者村田氏日前来访，要我做一篇关于我国新文学的趋向的文章。我得仿吾的帮助做了一篇"Our New Movement in Literature"的短论寄去。我现在把他自译成中文，把初稿中意有未尽处稍补正以发表于此，我想凡为我们社内的同志必能赞成我们这种主张，便是社外的友人也望能多来参加我们的运动。

# 孤鸿——致成仿吾的一封信①

芳坞哟，我又好久不写信给你了。你到了广州写过一封信来，我记得回复过你一张明片，但是是几时写的我也忘记了。你最近从澳门写来的信，我直到现在还没有回答你，你不要以为我是已经饿死了②，或者是把你忘记了吧。芳坞哟！人的生命，说坏些时，就好象慢性气管枝炎的积痰，不是容易可以咳吐得掉的，而在这空漠的世界上还有你这样使我永远不能忘记的人，也正是我不肯轻易地把这口积痰吐出的原故呢。

你是晓得的，我此次到日本来的时候只带了三部书来，一部

———————————

① 本篇最初发表于 1926 年上海《创造月刊》第一卷第二期，标题为《孤鸿》。人民文学出版社 1989 年 10 月版《郭沫若全集》第十六卷收录此文，注明此文最初在《创造月刊》发表时"正题《孤鸿》，副题《给芳坞的一封信》"，是错误的，此文最初发表时并无副题。

② 〔我直到现在还没有回答你，你不要以为我是已经饿死了〕最初版、光华版作："我直到现在还没有答你，你没以为我是已经饿死了"。

是《歌德全集》，一部是河上肇的《社会组织与社会革命》①，还有一部便是屠格涅甫的《新的一代》了②。我来日本的原因：第一是想写出我计划着的《洁光》，第二是来盼望我的妻儿，第三是还想再研究些学问。我最初的志愿是想把《洁光》写成后便进此地的生理学研究室埋头作终身的研究③。我以为这是我们最理想的生活。我们把纯粹的自然科学的真理作为研究的对象，忘却了人世间的一切的扰乱纷繁，我们的天地是另外的一种净化了的天地。我以为我们的多少友人都是应该走上这条路来④，把自己的一生献给真理的探求，我们于自然科学上必能有所贡献，我们大汉民族的文明或者会在二十世纪的世界史上能要求得几面新鲜的篇页⑤。但是哟，芳坞，这种生活却要有两个条件作为前提呢。第一的物质条件，好象从事于研究的地方和工具⑥，我们在国内虽不能寻求，我们还可以求诸国外；但是研究者自身的生活的保

---

① 〔河上肇〕最初版、光华版作："河上肇氏"。
② 〔新的一代〕最初版、光华版作："新时代"。
③ 〔……生理学研究室埋头作终身的研究〕最初版、光华版作："……生理学研究室里去埋头作终身的研究"。
④ 〔我以为我们的多少友人……〕最初版作："我以为我们有多少友人……"，光华版同。
⑤ 〔我们大汉民族的文明或者会在二十世纪的世界史上能要求得几面新鲜的篇页〕最初版、光华版作："我们大汉民族的文明或者能在二十世纪的世界史上要求得几面新鲜的篇页"。
⑥ 〔第一的物质条件，好象从事于研究的地方和工具〕最初版作："第一的物质条件如像从事于研究的地方和工具"，光华版作："第一的物质条件，如像从事于研究的地方和工具"。

障，至低限度的糊口的资粮，这求之于国外，比在国内是还要困难的了。再说到精神的条件上来，譬如渊博的先觉者的指导——这或者也可以说是物质的条件，因为是外在的，可以作为工具看待——我们在国内虽不能寻求，我们也可以求诸国外；但是研究者自身的精神的安定这几乎是唯一的前提：没有安定的精神决不能从事于坚苦的学者生涯，决不能与冰冷的真理姑娘时常见面。我们现在处的是什么时代呢？时代的不安迫害着我们的生存。我们微弱的精神在时代的荒浪里好象浮荡着的一株海草。我们的物质生活简直象伯夷叔齐困饿在首阳山上了。以我们这样的精神，以我们这样的境遇，我们能够从事于醍醐的陶醉吗？

甚么人都得随其性之所近以发展其才能，甚么人都得以献身于真理以图有所贡献，甚么人都得以解脱，甚么人都得以涅槃，这真是最理想的世界，最完美的世界。这种世界是一个梦想者的乌托邦吗？是一个唯美主义者的象牙宫殿吗？芳坞哟，不是！不是！我现在相信着：它的确是可以实现在我们的地上的！① 科学的社会主义所告诉我们的"各尽所能，各取所需"的时代，我相信终久能够到来②；"个人之自由发展为万人自由发展之条件的一个共同团体"，我相信是可以成立的③。这种时代的到来，这

① 〔它的确是可以实现在我们的地上的！〕最初版、光华版作："它的确是可以实现在我们的地上的呢！"。
② 〔我相信终久能够到来〕最初版作："我相信是终久能够到来"，光华版同。
③ 〔我相信是可以成立的〕最初版、光华版作："我相信是可以成立"。

种社会的成立，在我们一生之中即使不能看见，我们努力促进它的实现①，使我们的同胞得以均沾自然的恩惠，使我们的后代得以早日解除物质生活的束缚而得遂其个性的自由完全的发展②，——这正是我们处在这不自由的时代而不能自遂其发展的人所当走的唯一的路径呢！

　　芳坞哟，我们是生在最有意义的时代的！人类的大革命时代！人文史上的大革命时代！③ 我现在成了个彻底的马克思主义的信徒④！马克思主义在我们所处的这个时代是唯一的宝筏。物质是精神之母，物质文明之高度的发展和平均的分配才是新的精神文明的胎盘⑤。芳坞哟，我们生在这个过渡时代的人是只能做个产婆的事业的。我们现在不能成为纯粹的科学家，纯粹的文学家，纯粹的艺术家，纯粹的思想家。要想成为这样的人不消说是要有相当的天才，然而也要有相当的物质。在社会革命未实现以前能成为这样纯粹的人格的天才，我们自然赞仰，但他们不是有

————————

① 〔在我们一生之中即使不能看见，我们努力促进它的实现〕最初版、光华版作："在我们一生之中即使不能看见——不待说是不能看见——我们努力促进它的实现"。
② 〔后代〕最初版、光华版作："后继者"。
③ 〔人类的大革命时代！人文史上的大革命时代！〕最初版、光华版作："人类的大革命的时代！人文史上的大革命的时代"。
④ 〔我现在成了个彻底的马克思主义的信徒！〕最初版、光华版作："我现在成了个彻底的马克斯主义的信徒了！"以下最初版、光华版"马克思"均作"马克斯"。
⑤ 〔……才是新的精神文明的胎盘〕最初版、光华版作："……终是新的精神文明的胎盘"。

有钱的父亲，便是有有钱人的保护者，请看意大利文艺复兴期中的一群大星小星吧，请看牛顿、歌德、托尔斯泰①，更请看我们中国最近所奉为圣人的太戈儿吧，他们不是贵族的附庸，便是贵族自己。他们幸好有这种天幸才得以发展了他们的才能；没有这种天幸的人只好中途无端地饿死病死了②！古今来有几个真正的天才能够得遂其自由的完全的发展呢？芳坞哟，我现在觉悟了。我们所共通的一种烦闷，一种倦怠——我怕是我们中国的青年全体所共通的一种烦闷，一种倦怠——是我们没有这样的幸运以求自我的完成，而我们又未能寻出路径来为万人谋自由发展的幸运。我们内部的要求与外部的条件不能一致，我们失却了路标，我们陷于无为，所以我们烦闷，我们倦怠，我们飘流，我们甚至常想自杀。芳坞哟，我现在觉悟到这些上来，我把我从前深带个人主义色彩的想念全盘改变了。我改变了我研究生理学的决心也就是由于这种觉醒。这种觉醒虽然在两三年来早在摇荡我的精神，而我总在缠绵枕席③，还留在半眠的状态里面。我现在是醒定了，芳坞哟，我现在是醒定了。以前没有统一的思想，于今我觉得有所集中。以前矛盾而不能解决的问题，于今我觉得寻得了

---

① 〔托尔斯泰〕最初版、光华版作："杜尔斯泰"。
② 〔……中途无端地饿死病死了〕最初版作："……中途半端地饿死病死了"，光华版同。
③ 〔而我总在缠绵枕席〕最初版作："而我总犹缠绵枕席"，光华版"犹"误作："有"，其余与最初版同。

关键①。或许我的诗是从此死了②，但这是没有法子的，我希望它早些死灭吧。

我最初来此的生活计画，便是翻译《社会组织与社会革命》一书。这书的移译本是你所不十分赞成的③，我对于这书的内容并不十分满意④，如他不赞成早期的政治革命之企图，我觉得不是马克思的本旨。但我译完此书所得的教益殊觉不鲜呢！我从前只是茫然地对于个人资本主义怀着憎恨⑤，对于社会革命怀着信心⑥，如今更得到理性的背光⑦，而不是一味的感情作用了。这书的译出在我一生中形成了一个转换时期⑧，把我从半眠状态里唤醒了的是它，把我从歧路的徬徨里引出了的是它，把我从死的暗影里救出了的是它，我对于作者非常感谢，我对于马克思、列宁非常感谢⑨。我费了两个月的光景译完了此书，译述中我所最

---

① 〔于今我觉得寻得了关键〕最初版作："于今我觉得寻着关键了"，光华版作"于今我觉得寻得关键了"。
② 〔或许我的诗是从此死了〕最初版、光华版作："或者我的诗是从此死了"。
③ 〔这书的移译本是你所不十分赞成的〕最初版、光华版作："这书的移译本是你所不十分赞成"。
④ 〔我对于这书的内容并不十分满意〕最初版、光华版作："我对于这书的内容虽然也并不十分满意"。
⑤ 〔……怀着憎恨〕最初版、光华版作："……怀着的憎恨"。
⑥ 〔……怀着信心〕最初版、光华版作："……怀着的信心"。
⑦ 〔如今更得到理性的背光〕最初版、光华版作："如今更得着理性的背光"。
⑧ 〔这书的译出在我一生中形成了一个转换时期〕最初版、光华版作："这书的译出在我一生中形成一个转换的时期"。
⑨ 〔我对于作者非常感谢，我对于马克思、列宁非常感谢〕最初版、光华版作："我对于作者是非常感谢，我对于马克斯列宁是非常感谢，我对于援助我译成此书的诸位友人也是非常感谢的呢"。

感到惊异的是：我们平常当成暴徒看待的列宁，才有那样致密的头脑，才是那样真挚的思想家①！我们平常读书过少，每每爱以传闻断人；传闻真是误人的霉菌，懒惰真是误解的根本。我们东方人一看到"过激派"三个字便觉得如见毒蛇猛兽②。这真是传闻和懒惰的误事呢。书成后卖稿的计划生了变更，听了友人的要求将以作为丛书之一种，遂不得不变成版税，然而我这两月来的生活③，却真真苦煞了。

我自四月初间到此，直到现在已经四阅月了。我的妻儿们比我更早来两月。我们在这儿收入是分文也没有的。每月的生活费，一家五口却在百圆以上，而我们到现在终竟还未至于饿死，芳坞哟，你怕会以为是奇事吧？奇事！真是奇事呢！④ 一笔意外的财源救济了我们的生命。我去年回国的时候所不曾领取的留学生归国费⑤，在今年四月突然可以支领了。我们四川省的归国费而且还是三百圆⑥——我为这三百圆的路费在四月底曾经亲自跑到东京：因为非本人亲去不能支领。我在东京的废墟中飘流了三

① 〔我们平常当成暴徒看待的列宁，才有那样致密的头脑，才是那样真挚的思想家〕最初版、光华版作："我们平常至少是把他们当成暴徒看待了的列宁和突罗次可诸人，才有那样缜密的脑精，才是那样真挚的学者"。
② 〔我们东方人一看到"过激派"三个字便觉得如见毒蛇猛兽〕最初版、光华版作："我们东方人一闻着'过激派'三个字便觉得如见毒蛇猛兽一样"。
③ 〔然而我这两月来的生活〕最初版、光华版作："然而我们这两月来的生活"。
④ 〔真是奇事呢！〕最初版作："真个是奇事呢！"光华版作："真奇事呢！"
⑤ 〔留学生归国费〕最初版、光华版作："留学生的归国费"。
⑥ 〔我们四川省的归国费而且还是三百圆〕最初版、光华版作："而且我们四川省的归国费还是三百圆"。

天，白天只在电车里旅行，吃饭是在公众食堂（东京现在有市营的公众食堂了，一顿饭只要一角钱或一角五分钱），晚来在一位同乡人的寓所里借宿。我唯一的一次享乐是在浅草公园中看了一场《往何处去》的电影。芳坞哟，这场电影真是使我受了不少的感动呢。感动我的不是奈罗的骄奢，不是罗马城的焚烧，不是培茁龙纽斯的享乐的死，是使徒比得逃出罗马城、在路上遇着耶稣幻影的时候①，那幻影对他说的一句话。奈罗为助长他读荷马的诗兴，下令火烧了罗马全城，待他把罗马城市烧毁之后，受着人民的反对却嫁罪于耶稣教徒，于是大兴虐杀。那时候使徒比得在罗马传教，见奈罗的淫威以为主道不行，便从罗马城的废墟逃出。他在路上遇见了耶稣的影子向他走来，他跪在地上问道②："主哟！你要往何处去？"耶稣答应他说："你既要背弃罗马的兄弟们逃亡，我只好再去上一次十字架了！"……啊，芳坞哟，这句话真是把我灵魂的最深处都摇动了呀！我回想起我实行自我的追放，从上海逃到海外来，把你一人钉在十字架上，我那时恨不得立地便回到你住的那座 Golgotha 山③，我还要陪你再钉一次十

---

① 〔在路上遇着耶稣幻影的时候〕最初版、光华版作："在路上遇着耶稣的幻影的时候"。
② 〔他跪在地上问道〕最初版作："他跪在地下问道"，光华版同。
③ 〔我那时恨不得立地便回到你住的那座 Golgotha 山〕最初版、光华版作："我那时恨不立地便回到你住的那 Golgotha 山"。

字架。我在觉音堂畔的池边，在一座小小的亭子里坐着①，追悔了一点钟工夫的光景，阴郁的天气，荒废的东京，一个飘流着的人，假使我能够飞呀！啊……

总之，三百圆的意外财源到手了，除了来往的路费还剩二百五十圆②，偿清了前欠已经所余无几了，而《社会组织与社会革命》一书又只能抽版税③，我们五月以后的生活费简直毫无着落了。啊，幸亏上天开眼，天气渐渐和暖了起来，冬服完全没有用处，被条也是可以减省了，我们便逐渐把去交给一家当铺替我们保管④。这座当铺，说起来你该会记得的⑤，便是民国七年九月你同你的同乡来福冈医病的时候⑥，你最初来访问过我的那座当铺呢。我们那年初次来福冈⑦，贪图便宜，在那当铺的小楼上替店主人看守了两个月的质库⑧。这家当铺主人的一对夫妇还能怀

---

① 〔在一座小小的亭子里坐着〕最初版作："在一座小小的亭子上坐着"，光华版作："在一座小小的亭子坐着"。
② 〔总之，三百圆的意外财源到手了，除了来往的路费还剩二百五十圆〕最初版、光华版作："总之，三百圆的意外的财源了到手了，除去来往的路费还剩二百五十圆"。
③ 〔……只能抽版税〕最初版、光华版作："……只能抽取版税"。
④ 〔当铺〕最初版、光华版作："质店"，以下"当铺"，最初版、光华版均作："质店"。
⑤ 〔说起来你该会记得的〕最初版、光华版作："说起来你该会记起的"。
⑥ 〔便是民国七年九月你同你的同乡来福冈医病的时候〕最初版、光华版作："便是民国七年的九月你同你的乡人来福冈医病的时候"。
⑦ 〔我们那年初次来福冈〕最初版作："我们那年初来"，光华版作："我们那年初次"。
⑧ 〔在那当铺的小楼上替店主人看守了两个月的质库〕最初版、光华版作："在那儿质店的小楼上替店主人看管过两个月的质库"。

念旧情①，或许也是我的不值钱的"医学士"招牌替我保了险，我们拿去的东西他们大抵都要，也还不甚刻薄。我的一部《歌德全集》当了一张五圆的老头票。《社会组织与社会革命》的原本，刚好译完便拿去当了五角钱②。但到五月尾上我们二十圆一月的房金终竟付不出了③。好在米店可以赊账，小菜店也还念五六年来的主顾，没有使我们绝粮。只有无情的房东几乎每天都要来催问房金④。本来我们住的房子是稍为贵得一点，因为在海边⑤，园子里我们种了些牵牛花、大莲花，看看都要开放了⑥。两株橘树开了花，已经结起青色的果实，渐渐地也在长大起来。我的女人时常说，看在孩子们的份上，房金虽是贵得一点，但是有花有木，有新鲜的空气，也觉对得住他们⑦。所以我们总厚着面皮住着⑧。但到六月尾上来，所期望的上海的一笔财源断了，房东终竟把我们赶出来了。六月里我又重温习了一遍《王阳明全集》，我本打算做一篇长篇的王阳明的研究，但因稿费无着，也

---

① 〔怀念旧情〕最初版、光华版作："念着旧情"。
② 〔刚好译完便拿去当了五角钱〕最初版、光华版作："刚好译完便拿去当了五角钱来"。
③ 〔……房金终竟付不出了〕最初版、光华版作："……房金终竟不能全付"。
④ 〔房东〕最初版、光华版作："房主人"。以下"房东"最初版、光华版均作："房主人"。
⑤ 〔因为在海边〕最初版、光华版作："因为是在海边"。
⑥ 〔看看都要开放了〕最初版、光华版作："看看都要开了"。
⑦ 〔也觉对得住他们〕最初版、光华版作："也觉得对得着他们"。
⑧ 〔所以我们总厚着面皮住着〕最初版作："所以我们总厚着脸皮住着"，光华版同。

中止了①。白白花费了我将近一月的工夫！

我们现在是住在甚么地方呢？你猜想得到么？我们就住在六年前住过的这家当铺的仓库的楼上呀！纵横不过二丈宽的一间楼房②，住着我们一家五口。立起来差不多便可以抵着望板。朝东北一面的铁格窗，就好象一座鸟笼一样。六年间的一个循环，草席和窗壁比从前都旧得不成形状，但是房钱却比六年前贵了将近一倍③，从前是六圆一月的，如今竟要十圆了。但是守仓库的人也变了，多添了几根脸上的皱纹，多添了几个孩子④。六年前我们只有一个儿子⑤，现在是三个了。六年前我初来此地进大学时，受过的一场耻辱时常展开在我的眼前⑥。

那是八月初间的时候，我们从冈山到福冈来，在博多驿下了车，人力车夫把我们拖到医科大学前面的一座大旅馆的门前。医科大学前面的"大学街"，你该记得吧⑦，骈列着的都是旅馆。这些旅馆专靠大学吃饭，住的多是病人。我们初进旅馆的时候，

① 〔也中止了〕最初版、光华版作："我也就中止了"。
② 〔二丈宽〕最初版作："两丈宽"，光华版同。
③ 〔……贵了将近一倍〕最初版、光华版作："……贵得将近一倍了"。
④ 〔多添了几个孩子〕最初版作："多添了两个孩子"，光华版同。
⑤ 〔六年前我们只有一个儿子〕最初版、光华版作："六年前我们只有一个和儿"。
⑥ 〔受过的一场耻辱时常展开在我的眼前〕最初版、光华版作："膺受过的一场耻辱时常展开在我眼前"。
⑦ 〔你该记得吧〕最初版作："你该还记得吧"，光华版同。

下女把我们引上楼，引进了一间很清洁的房里①。但是不多一会下面的主人走来，估量了我们一下，说道："这间房间刚才有人打电话来订了②，你们请到楼下去。"——"楼下还有好房间吗？"——"有的是③，楼下的房间比楼上的还好。"……我们跟着走下楼来。

"比楼上还好"的房间是临街的一间侧室，一边是茅房，一边是下女的寝室④。太不把人当钱了！这明明是要赶我们出去！我们到的时候是午后，我不等开晚饭便一人跑出店去，往那人生面不熟的地方去另找巢穴。我只是问人向海边去的路⑤，我第一次在青松白沙间看见了博多湾，正是在夕阳西下、红霞涨天的时候。我这位多年的老友，在第一次便和我结下了不解的交情。我的高兴挤掉了我在旅馆里所受的耻辱⑥。我便在松原外面找到了这家当铺的房子⑦。

---

① 〔引进了一间很清洁的房里〕最初版作："引进了一间很清洁的楼房里"，光华版同。
② 〔这间房间刚才有人打电话来订了〕最初版、光华版作："这间房间是刚才有人打电话来订了的"。
③ 〔有的是〕最初版、光华版作："是的"。
④ 〔一边是茅房，一边是下女的寝室〕最初版、光华版作："一边是毛房，一边是下女的寝处"。
⑤ 〔我只是问人向海边去的路〕最初版、光华版作："我只是问人向海边走去的路径"。
⑥ 〔我的高兴挤掉了我在旅馆里所受的耻辱〕最初版、光华版作："我的欢心挤掉了我在旅馆里所受的奇辱"。
⑦ 〔我便在松原外面找到了这家当铺的房子〕最初版、光华版作："我便在松原外面找着了这家质店的房子"。

傍晚走回旅馆的时候①，晓芙是因为坐火车疲倦了，或者还是因为受了侮辱，已经抱着和儿睡了。我的一份晚饭还留在房里，我饿了，吃起饭来。全不声张地走进来一位店里的"番头"。"番头"拿着号簿要我报告姓名、年岁、籍贯②。他对我全没些儿敬意，我却故意卑恭地说：

——"我是支那人，姓名不好写，让我替你写吧。"

——"那吗，写干净一点！"③（命令的声音。）

我把我的写好了，他又指着帐中睡着的晓芙。他说：

——"这位女的呢？是你什么人？"④

——"是我的妻子。"⑤

——"那吗，一并写清楚一点！"

我也把晓芙的姓名⑥（我没有用她日本的真名）都写了。最后他问我们到此地的理由，我说来进大学。他又问进大学去做什么事（这位太不把人当钱的"番头"不知道是轻蔑我的衣装，还是轻蔑我是华人，他好象以为我是进大学去做苦工的吧）⑦，

---

① 〔傍晚走回旅馆的时候〕最初版同，光华版作："傍晚走到旅馆的时候"。
② 〔"番头"拿着号簿要我报告姓名、年岁、籍贯〕最初版作："'番头'拿着号簿来要我报告名姓年岁和籍贯"，光华版作："'番头'拿着号簿来要我报告名姓年岁籍贯"。
③ 〔那吗〕最初版同，光华版作："这吗"。
④ 〔这位女的呢？〕最初版作："这位女人呢？"，光华版作："这位女子呢？"。
⑤ 〔是我的妻子〕最初版、光华版作："我说：是我的妻子"。
⑥ 〔姓名〕最初版、光华版作："名姓"。
⑦ 〔吧〕最初版、光华版作："了"。

但我还是忍着气，回答他说："我进大学里去念书。"——啊，真是奇怪！我这一句话简直好象咒语一样，立刻卷起了天翻地覆的波澜！

"番头"恭而且敬地把两手撑在草席上，深深地向我叩了几个头①，连连地叫着：

——"喂呀，你先生是大学生呀！对不住，对不住！"

他叩了几个头便跳起来②，出门大骂下女：

——"你们搅的什么乱子啊？大学生呢！大学生呢！快看房间！快看房间！啊，你们真混账！怎么把大学生引到这间屋子?!……"

下女也涌进来了，店主人夫妇都涌进来了③，晓芙们也都惊醒了。

大学生！大学生！连珠炮一样地乱响④。下女们面面相觑，店主人走来叩头⑤，这儿的大学生竟有这样的威光真是出乎我的意料之外⑥。我借大学生的威光来把风浪静制着了。"房间不必

① 〔深深地向我叩了几个头〕最初版作："深深向我磕了几个头"，光华版作："深深向我叩了几个头"。
② 〔他叩了几个头便跳起来〕最初版作："他磕了头便跳起来"，光华版同。
③ 〔下女也涌进来了，店主人夫妇都涌进来了〕最初版、光华版作："下女也涌起来了，店主人夫妇都涌起来了"。
④ 〔连珠炮一样地乱响〕最初版、光华版作："连珠炮一样地乱发"。
⑤ 〔店主人走来叩头〕最初版作："店主人走来磕头"，光华版同。
⑥ 〔……出乎我的意料之外〕最初版、光华版作："……出于我的意料之外"。

换，纵横只有一晚上。"①

第二天我们一早要出旅馆，店主人苦苦留住吃了早饭。走的时候"番头"和下女替我们搬运行李②，店主人夫妇和别的下女们在门前跪在一排，送我们走出店门……

这场悲喜剧好象还是昨天的事一样③。六年间的一场旧戏重上舞台，脚色添了两个，也死了一个了。猴子面孔的跛脚的当铺老板，粉猪一样的他的肥妇④，这还是当年的老脚色，但是他们之间有一位可爱的女儿死了。六年前她才九岁，她看见我们时总爱红脸⑤，我说她是早熟的姑娘；现在她已经死了五年了。

这儿到箱崎只有半里路光景，你是知道的⑥，我们全靠"医学士"的招牌吃饭的人，每天清早便打发和儿到箱崎的米店和小菜店里去买小菜⑦，赊豆腐。昨天晚上和儿病了，今晨是我走到箱崎去赊米。我枉道过我海边上的旧居，仍然空着没有赁出。园子的门是开着的，我走进去看时，大莲花被人拔去了。牵牛花也

---

① 〔房间不必换，纵横只有一晚上〕最初版、光华版作："房间可以不必换，纵横只有一夕的工夫呢"。

② 〔搬运行李〕最初版、光华版作："运搬行李"。

③ 〔事〕最初版、光华版作："事情"。

④ 〔猴子面孔的跛脚的当铺老板，粉猪一样的他的肥妇〕最初版、光华版作："猴子面孔的跛脚的质店主人，粉脂一样的他的肥妇"。

⑤ 〔她看见我们时总爱红脸〕最初版、光华版作："她看见我们的时候总爱红脸"。

⑥ 〔这儿到箱崎只有半里路光景，你是知道的〕最初版、光华版作："这儿到箱崎有半里路的光景，你是晓得的"。

⑦ 〔买小菜〕最初版、光华版作："赊小菜"。

不见了，园角上新标出两株嫩苗，还没有开花①。青色的橘子，孤寂地，长大了好些②。回来时③，晓芙在楼下洗衣，小的两个儿子在一旁戏水。上楼，看见和儿一人仍然睡在窗下。早晨的阳光照进窗来，洒在他的身上。消化不良的脸色，神经过敏的眼光，他向着我，使我哀痛了起来④。窗沿上一个牛奶筒里栽着的一株牵牛花⑤，开着一朵深蓝色的漏斗。——这是移家来时，和儿自己种活了的。——牵牛花哟！我望你不要谢得太快了吧！我的眼泪汹动了起来，我走去跪在他的旁边，执着他的小手，我禁不住竟向他扯起诳来！

　　——"和儿，我到箱崎去的时候，到我们从前住过的房子去来。大莲花不晓得是什么人扯去了，牵牛花还一朵也没有开，我听见牵牛花好象在说：因为可爱的孩子们都不在，所以我们不开花了。你看，你在这儿，你这栽活了的牵牛花，便在向你开花。"

　　我这样的话竟收了意外的效果，孩子得着安慰，微笑了一下。

　　——啊，可怜的微笑！凄切的微笑哟！我的生活状态本来不

---

① 〔还没有开花〕最初版、光华版作："但还没有开花"。
② 〔青色的橘子，孤寂地，长大了好些〕最初版、光华版作："只是青色的橘子孤寂地长大了好些"。
③ 〔回来时〕最初版、光华版作："回来的时候"。
④ 〔使我哀痛了起来〕最初版作："使我的心子丝痛了起来"，光华版作："使我的心上哀痛了起来"。
⑤ 〔窗沿上……〕最初版作："窗限上……"，光华版同。

想写给你，使你徒扰心虑，但一写又不禁写了这许多。你念到这儿或者会问我：

"你在七月里做了些什么呢？你那样怎么过活下去①？你还不想离开日本吗？"芳坞哟，待我来慢慢答复你。

我手里还留着一本书，便是德译的屠格涅甫的《新的一代》②，这本勒克兰版的小书当不成钱，所以还不曾离开我的手③。这书是你的呢，你还记得么？民国十年的四月一日，你从大学毕业回国，我那时因为烦闷得几乎发狂，对于文学的狂热，对于医学的憎恶，对于生活的不安，终逼着我休了学，丢下我的妻儿和你同船回去。我们同睡在三等舱的一只角上。从门司上船后便遇着风浪，我一动也不动地直睡到上海④，你却支持着去照应头等舱里你友人的家眷。那时你带着一部德译的《易卜生全集》，和屠格涅甫的两本德译的小说，一本是《父与子》，一本便是这《新的一代》，你可还是记得么？我第一次读《新的一代》便是这个时候。这本书我们去年在上海不是还同读过一遍吗？我们不是时常说：我们的性格有点象这书里的主人公涅暑大诺夫吗？我们的确是有些相象：我们都嗜好文学，但我们又都轻

---

① 〔你那样怎么过活下去〕最初版、光华版作："你那样怎么过活去呢"。
② 〔《新的一代》〕最初版、光华版作："《新时代》"。以下"《新的一代》"最初版、光华版均作："《新时代》"。
③ 〔所以还不曾离开我的手〕最初版、光华版作："所以还不曾离开我的手里"。
④ 〔从门司上船后便遇着风浪，我一动也不动地直睡到上海〕最初版、光华版作："从门司上船后便遇着风波，我一动不动地直睡到上海"。

视文学；我们都想亲近民众，但我们又都有些高蹈的精神①；我们倦怠，我们怀疑，我们都缺少执行的勇气。我们都是些中国的"罕牟雷特"。我爱读《新的一代》这书，便是因为这个原故②。

穷得没法了，做小说没有心绪，而且也没有时间。我只好把这剩下的一本《新的一代》的德译本来翻译③。我从七月初头译起，译到昨天晚上才译完了，整整译了四十天。我在四十天内从早起，译到夜半，时时所想念起的是四年前我们回国时的光景和去年在上海受难的一年生活④。但那时我们是团聚着的，如今你飘流到广东，我飘流到海外了。在上海的朋友都已云散风流。我在这时候把这《新的一代》译成，做第一次的卖文生活。我假如能变换得若干钱来，拯救我可怜的妻孥，我也可以感受些清淡的安乐呢⑤。啊，芳坞哟，我望你也替我欢喜吧。⑥

《新的一代》这书，我现在所深受的印象，不是它情文的流丽（其实是过于流丽了，事件的展开和人物的进出是过于和电影

---

① 〔但我们又都有些高蹈的精神〕最初版、光华版作："但我们又都有些贵族的精神"。

② 〔便是因为这个原故〕最初版、光华版作："便是因为这个原故呢"。

③ 〔一本〕最初版、光华版作："这本"。

④ 〔时时所想念起的是四年前我们回国时的光景和去年在上海受难的一年生活〕最初版、光华版作："时时所想念起的只是四年前我们回国时的光景，我们去年在上海受难的一年的生活"。

⑤ 〔我也可以感受些清淡的安乐呢〕最初版、光华版作："我也可以感着些清淡的安乐呢"。

⑥ 〔我望你也替我欢喜吧〕最初版、光华版作："我望你也替我欢喜些吧"。

类似了)①，也不是其中主要人物的性格，却是这里面所流动着的社会革命的思潮。社会革命的两个主要条件：政治条件和物质（经济）条件；屠格涅甫认得比较鲜明②。他把马克罗夫代表偏重政治革命的急进派，把梭罗明代表偏于增加物质生产力的缓进派。他促成了马克罗夫式的失败，激赏着梭罗明式的小成。他的思想，我看，明明是修正派的社会主义思想③。但是五十年后的今日，成功的却是马克罗夫，"匿名的俄罗斯"成为了列宁的俄罗斯了。屠格涅甫的预言显然是落了空④！但是，这是无损于这书的价值的。社会主义的社会制度之实现终不能不仰仗于物质条件的完备⑤。在产业后进的国度里，社会主义的政治革命即使成功，留在后面该走的路仍然是梭罗明的道路，仍然要增进生产力以求富裕。列宁把社会革命分为三个时期，第一是准备（宣传）时期，第二是战斗时期，第三是产业经营时期。目前的俄罗斯革命只走完第二步，还有第三步的最长的一个时期才在刚好发轫呢。

---

① 〔电影〕最初版、光华版作："影戏"。
② 〔社会革命的两个主要条件：政治条件和物质（经济）条件；屠格涅甫认得比较鲜明〕最初版、光华版作："社会革命两个主要的条件：政治的条件和物质的（经济的）条件；屠格涅甫是认得比较鲜明"。
③ 〔修正派的社会主义思想〕最初版、光华版作："修正派的社会主义的思想"。
④ 〔屠格涅甫的预言显然是落了空〕最初版、光华版作："屠格涅甫的预言显然是受了欺骗"。
⑤ 〔……不能不仰仗于物质条件的完备〕最初版、光华版作："……不能不仰给于物质条件的完备"。

　　芳坞哟！农奴解放后的七十年代的俄罗斯不正象清朝推倒后的二十年代的我们中国吗①？我们都是趋向着社会革命在进行，这是共同的色彩。这书中所叙述的官僚生活②，把"扑克"换成"马将"，把雪茄换成鸦片，不正是我们中国新旧官僚的摄影吗？淡巴菇的青烟，弗陀加酒的烈焰③，一样地烧着我们百无聊赖的希望着真明天子出现的中国平民④。涅暑大诺夫的怀疑⑤，马克罗夫的躁进，梭罗明的精明，玛丽亚娜的强毅，好的坏的都杂呈在我们青年男女的性格中。我们中国式的涅暑大诺夫，中国式的马克罗夫，中国式的梭罗明，中国式的玛丽亚娜，单就我们认识的朋友中找寻，也能举出不少的豪俊了。我喜欢这本书，我决心译这本书的另一原因，大约也就在这儿。我们在这里面可以照出我们自己的面影呢。但这书所能给与我们的教训只是消极的，他使我们知道涅暑大诺夫的怀疑是无补于大局，马克罗夫的躁进是只有失败的可能，梭罗明的精明缓进觉得日暮路遥，玛丽亚娜的坚毅忍从又觉得太无主见了，我们所当仿效的是屠格涅甫所不曾知道的"匿名的俄罗斯"，是我们现在所已经明了的"列宁的俄

---

①　〔清朝〕最初版、光华版作："满清"。

②　〔这书中所叙述的官僚生活〕最初版、光华版作："而这书所叙的官僚生活"。

③　〔弗陀加酒的烈焰〕最初版、光华版作："弗加酒的烈焰"。

④　〔……希望着真明天子出现的中国平民〕最初版作："……希望着真明人主出现的中华民国的平民"，光华版作："……希望着真明天主出现的中华民国的平民"。

⑤　〔涅暑大诺夫的怀疑〕最初版、光华版作："而涅暑大诺夫的怀疑"。

罗斯"。

我现在对于文艺的见解也全盘变了。我觉得一切伎俩上的主义都不能成为问题，所可成为问题的只是昨日的文艺，今日的文艺，和明日的文艺。昨日的文艺是不自觉的得占生活的优先权的贵族们的消闲圣品，如象太戈儿的诗，托尔斯泰的小说①，不怕他们就在讲仁说爱，我觉得他们只好象在布施饿鬼。今日的文艺，是我们现在走在革命途上的文艺，是我们被压迫者的呼号，是生命穷促的喊叫，是斗士的咒文，是革命豫期的欢喜。这今日的文艺便是革命的文艺，我认为是过渡的现象，但是，是不能避免的现象。明日的文艺又是甚么呢？芳坞哟，这是你几时说过的超脱时代性和局部性的文艺。但这要在社会主义实现后，才能实现呢。在社会主义实现后的那时，文艺上的伟大的天才们得遂其自由完全的发展，那时的社会一切阶级都没有，一切生活的烦苦除去自然的、生理的之外都没有了，那时人才能还其本来，文艺才能以纯真的人性为其对象②，这才有真正的纯文艺出现。在现在而谈纯文艺是只有在年青人的春梦里，有钱人的饱暖里，吗啡中毒者的迷魂阵里③，酒精中毒者的酩酊里，饿得快要断气者的幻觉（Hallucination）里了④！芳坞哟，我们是革命途上的人，我

---

① 〔托尔斯泰的小说〕最初版、光华版作："杜尔斯泰的小说"。
② 〔文艺才能以纯真的人性为其对象〕最初版、光华版作："文艺才能以纯真的性为其对象"。
③ 〔吗啡中毒者的迷魂阵里〕最初版、光华版作："吗啡中毒者的 Euphoria 里"。
④ 〔幻觉（Hallucination）〕最初版、光华版作："Hallucination"。

们的文艺只能是革命的文艺。我对于今日的文艺，只在它能够促进社会革命之实现上承认它有存在的可能。而今日的文艺也只能在社会革命之促进上才配受得文艺的称号，不然都是酒肉余腥①，麻醉剂的香味，算得甚么！算得甚么呢？真实的生活只有这一条路，文艺是生活的反映，应该是只有这一种是真实的。芳坞哟，这是我最坚确的见解②，我得到这个见解之后把文艺看得很透明，也恢复了对于它的信仰了。现在是宣传的时期，文艺是宣传的利器，我彷徨不定的趋向，于今固定了。

芳坞哟，我要回中国去了③，在革命途上中国是最当要冲。我这后半截的生涯要望有意义地送去。我在九月内总想归国④，妻孥要带着同去，死活都要在一路。我把这《新的一代》译成之后，我把我心中的"涅暑大诺夫"枪毙了。

好久不曾写信给你，今天趁势写了一长篇⑤，从正午写到夜半了。妻儿们横三倒四地在草席上睡着。我在他们的脚上、脸上、手上，打了许多血淋淋的蚊子。安娜枕畔放着一翻开着的《产科教科书》⑥——可怜的"浅克拉·玛殊玲"哟！——《新

---

① 〔不然都是酒肉余腥〕最初版作："不然都是酒肉的余腥"，光华版同。
② 〔这是我最坚确的见解〕最初版、光华版作："我这是最坚确的见解"。
③ 〔我要回中国去了〕最初版同，光华版作："你要回中国去了"。
④ 〔我在九月内总想归国〕最初版、光华版作："我在九月内总想归国一行"。
⑤ 〔今天趁势写了一长篇〕最初版作："今天趁势写了这一长篇"，光华版同。
⑥ 〔安娜枕畔放着一翻开着的《产科教科书》〕最初版作："安娜床畔放着一翻开着《产科教科书》"，光华版作："安娜床畔放着一翻开着的《产科教科书》"。

的一代》中的女性我比较的喜欢玛殊玲，我觉得这人写得最好①，一张高不满一尺的饭台②，一盏孤黄的电灯，一个乱发蓬蓬的野人，……头是屈痛了，鸡怕要叫了吧？我们相会的地点不知道是在上海，是在岭南③，也不知道我们还有没有相会的时期。我们有暇还是多写信吧。④

1924 年 8 月 9 日夜⑤

---

① 〔我觉得这人写得最好〕最初版、光华版作："我觉得这人最写得好"。
② 〔饭台〕最初版、光华版作："饭堂"。
③ 〔是在岭南〕最初版、光华版作："不知道是在岭南"。
④ 〔我们有暇还是多写信吧〕最初版、光华版作："我们有闲还是多写信吧"。
⑤ 〔1924 年 8 月 9 日夜〕最初版作："十三年八月九日夜"，光华版作："十三年，八月，九日夜。"

# 文艺家的觉悟①

我最近在《洪水》上做了几篇有关社会思想的文章②，赞成我的人不消说是很多，而反对我的人也有一小部分。

在这小部分的反对者里面，有的在思想上根本是和我立在敌对方面的人，如象有一派迷恋于英雄思想的国家主义者和一派无政府主义的青年，他们在口头笔上都在向我中伤。他们说："你是一个文学家，你写写诗，做做小说也就够了，要谈甚么主义哟！"这样的话我觉得真是好笑。好象一种主义是应该有一种甚么包办的人才来专卖的一样，而他们的国家主义或者无政府主义也好象只该得由他们一些包办的人才来谈谈，是应该把"文学

---

① 本篇最初发表于 1926 年 5 月上海《洪水》半月刊第二卷第四期，人民文学出版社 1989 年 10 月版《郭沫若全集》第十六卷收录此文，注明此文最初发表于"《洪水》半月刊第二卷第十六号"是错误的。

② 〔我最近在《洪水》上做了几篇有关社会思想的文章〕最初版、光华版作："我最近在洪水上做了几篇关于社会思想上的文章"。

家"摒诸化外的①。真是笑话。他们有的把国家主义者克莱曼梭奉为先生，有的把无政府主义者的克鲁泡特金奉为神明，然而克莱曼梭是做过小说的人，克鲁泡特金是做过诗的人，他们好象是不曾晓得的一样。他们以一点浅薄的学识，狭隘的精神，妄想来做民众的指导者，一有人指摘了他们的不是，他们便弄得耳烧面热，手忙脚乱，逢人便信口弄其雌黄，真是可怜可悯。这类的人我不愿意和他们饶舌，我始终劝他们多读两本书，把自己的见识稍稍恢宏一下②，然后再来鼓吹，也免得徒是欺人欺己呢。

还有是很表同情于我的人，他们看见我近来没有做小说，没有写诗，只是埋头于社会思想的论述③，他们很在替我担忧。他们觉得我的天职是在做个文人，我一把文学的生活抛弃了，就好象我们中国的文学界上也遭了一个很大的损失一样④。这样亲切的同情不消说我是感谢的⑤，但我自己也实在有点不敢拜领。我在文学上究竟有了多少造就，我自己很惭愧⑥，我不敢夸一句大

---

① 〔是应该把"文学家"摒诸化外的〕最初版、光华版作："是应该把'文学家'摒诸化外的了"。
② 〔把自己的见识稍稍恢宏一下〕最初版、光华版作："把自己的见识稍稍恢宏了一点"。
③ 〔他们看见我近来没有做小说，没有写诗，只是埋头于社会思想的论述〕最初版、光华版作："他们看见我近来莫有做小说，莫有写诗，只是没头于社会思想的论述"。
④ 〔……很大的损失一样〕最初版、光华版作："……很大的损失的一样"。
⑤ 〔这样亲切的同情不消说我是感谢的〕最初版、光华版作："这样亲切的同情不消说我是非常感谢"。
⑥ 〔我自己很惭愧〕最初版、光华版作："我自己实在很惭愧"。

口。我从前是诚然做过些诗，做过些小说，但我今后也不曾说过就要和文艺断缘。至于说到我的思想上来，凡为读过我从前的作品的人①，只要真正是和我的作品的内容接触过，我想总不会发见出我从前的思想和现在的思想有甚么绝对的矛盾的。我素来是站在民众方面说话的人，不过我从前的思想不大鲜明，现在更鲜明了些，从前的思想不大统一，现在更统一了些罢了②。但是要说从事于文艺的人便不应该发表些社会思想上的论文，这是无论在哪一国的法律上都不会有这样的规定的。要说从事于文艺的人便不应该感染社会思想，这是根本上的一个绝大错误③。这个错误观点在社会上很有巨大的势力④，而在一般嗜好文艺的青年心里⑤，尤为容易先入，以搅乱他们的志趣。我觉得这不是一个等闲的问题，所以我在这儿很想来讨论一下。

第一，一个人的精神活动决不是单方面的。他有道德的情操而同时也有审美的情操，他有感情的活动而同时也有智识的活

---

① 〔凡为读过我从前的作品的人〕最初版作："凡为读过我从前作品的人"，光华版同。

② 〔现在更鲜明了些，从前的思想不大统一，现在更统一了些罢了〕最初版、光华版作："现在更加鲜明了些，我从前的思想不大统一的，现在更加统一了些罢了"。

③ 〔这是根本上的一个绝大错误〕最初版、光华版作："这简直是根本上的一个绝大的错误"。

④ 〔这个错误观点在社会上很有巨大的势力〕最初版、光华版作："这个错误的观念在社会上很有巨大的势力"。

⑤ 〔而在一般嗜好文艺的青年心里〕最初版、光华版作："而在一般嗜好文艺的青年的心里"。

动。这种种的活动既是同出于一人，他们的因果总是互为影响的。这在推论上是理所当然，而在实际上也是事所必然。并且一个人的种种精神活动能够彻底融洽，互为表里，就是一个人的智情意三方面的发展均能完满无缺而成为一个整然的谐和，这在一个人的成就上可以说是最为理想的。那吗一个人虽已从事于文艺的活动，又何尝不可以从事于思想上的探讨呢？假使他思想上的信条和他文艺上的表现尤能表里一致时，那吗他这一个人的思想我们可以说不至于蹈虚，而他这一个人的文艺是有他整个的人格作为背境的①。这样的文艺正是我们所理想的文艺，怎么能够说从事于文艺的人便不应该感染社会思想呢？②

　　而且一个人生在世间上，只要他不是离群索居，不是如象鲁滨孙之飘流到无人的孤岛，那他的种种的精神活动，无论如何是不能不受社会的影响的。他的时代是怎么样，他的环境是怎么样，这在他的种种活动上，形成一些极重要的决定的因素③。他之不能和这些影响脱离④，犹如不能和自己的呼吸运动与血液循环脱离是一个样了。便单就文艺而论，所以一个时代便有一个时代的文艺，一个环境便有一个环境的文艺。生在电影还未发明的

---

① 〔而他这一个人……〕最初版、光华版作："而他这个人……"。
② 〔……感染社会思想呢〕最初版同，光华版作："……愈染社会思想呢"。
③ 〔因素〕最初版、光华版作："因数"。
④ 〔他之不能和这些影响脱离〕最初版、光华版作："他又不能和这些影响脱离"。

时代的诗人①，他不会做出捧电影明星的诗；时常和电影明星相往还的人，他自然会做出甚么"亲王"、甚么"女士"的文艺了。这是必然的因果，不是人力所能左右的。

固然人的气质各有不同，人的经验也各有不同，即使同一时代、同一环境的人，他们所受的社会的影响是不能完全一致的。譬如青年人和老年人，粘液质的人和神经质的人，他们的感受性便是各有不同的。但这所谓不同只是量的不同，不是质的不同。就是在同一的时代、同一的环境之下当然要感受同一的影响②，只是感受的态度有顺有逆③，影响的程度有深有浅④，意识到这种影响的程度有明有暗而已。

那吗，生在社会思想已经发生了的时代和环境里面的作家，怎么能够不感染社会思想的影响呢？

本来从事于文艺的人，在气质上说来，多是属于神经质的。他的感受性比较一般的人要较为锐敏。所以当着一个社会快要临着变革的时候，就是一个时代的被压迫阶级被凌虐得快要铤而走险⑤，素来是一种潜伏着的阶级斗争快要成为具体的表现的时候，

---

① 〔电影〕最初版、光华版作："影戏"。
② 〔……当然要感受同一的影响〕最初版、光华版作："……当然感受同一的影响"。
③ 〔只是感受的态度有顺有逆〕最初版、光华版无此句。
④ 〔影响的程度有深有浅〕最初版、光华版作："只是这影响的程度有深有浅"。
⑤ 〔就是一个时代的被压迫阶级被凌虐得快要铤而走险〕最初版作："就是一个时代的压迫阶级把被压迫阶级凌虐得快要铤而走险"，光华版作："就是一个时代的压迫阶级凌虐得快要挺而走险"。

在一般人虽尚未感受得十分迫切，而在神经质的文艺家却已预先感受着，先把民众的痛苦叫喊了出来，先把革命的必要叫喊了出来。所以文艺每每成为革命的前驱，而每个革命时代的革命思潮多半是由于文艺家或者于文艺有素养的人滥觞出来的。譬如一七八九年的法兰西大革命，这是欧洲第三阶级的市民对于第一阶级第二阶级的王族和僧侣的阶级斗争之最具体的表现，在一七八九年之前有意大利文艺复兴之思潮以为先导①，在法兰西本国也有卢梭、佛鲁特尔等文艺家作为自由思想的前驱②。第三阶级革命成功以后，资本家逐渐发展起来，世界的财富逐渐集中于少数人的手中，于是又产生出无数的无产阶级③。资产阶级日日榨取无产阶级，现在已经又达到第四阶级革命的时候了。主张第四阶级革命的思想，现在我们就简称为社会思想。这种社会思想的前驱者，如象马克思，他年青的时候本是想成为一个诗人的④。如象早死了的雪莱（他的早死马克思很替他悼惜，称他为无产阶级革命的前驱），在我们中国怕只晓得他是诗人的⑤。更如象一九一

---

① 〔在一七八九年之前〕最初版、光华版作："而在一七八九年之前"。

② 〔在法兰西本国也有卢梭、佛鲁特尔等文艺家〕最初版、光华版作："而在法兰西本国亦有卢梭，佛鲁特尔等文艺家"。

③ 〔于是又产生出无数的无产阶级〕最初版、光华版作："于是又产生出无数的无产的第四阶级的民众"。

④ 〔他年青的时候本是想成为一个诗人的〕最初版、光华版作："他年青的时候本是想成为一个诗人"。

⑤ 〔在我们中国怕只晓得他是诗人的〕最初版作："在我们中国怕只有晓得他是诗人的"，光华版作："在我们中国怕只能晓得他是诗人的"。

七年俄国革命的导师列宁，他对于文艺的造诣比我们中国任何大学的文科教授、任何思想界的权威者还要深刻①，决不象我们专靠主义吃饭的人②只有做几句"之乎者也"的闹墨式的文章呢。③

我们所处的时代是第四阶级革命的时代，我们所处的中国尤为是受全世界的资本家压迫着的中国，全世界的资本家把他们自己的本国快要榨取干净了，不得不来榨取我们，每年每年把我们的金钱榨取几万万海关两去④。他们把他们的机器工业品输入，同时又把我们旧有的手工业破坏了⑤，于是民穷了，业失了，平地添出了无数的游民；而在这个食尽财空的圈子里面又不能不争起糊口的资料来，于是才发生出无数循环不已的内争。一些丧尽天良的军阀，一些狗彘不如的政客⑥，我们都要晓得，就是外国

---

① 〔更如象一九一七年俄国革命的导师列宁，他对于……〕最初版、光华版作："更如像一九一七年俄国革命的大头，列宁与突罗次可，他们对于……"。

② 《沫若文集》版在此处加有注释："这个'专靠主义吃饭的人'是讽刺国家主义者曾琦，所谓'主义'即指国家主义——沫若注。"

③ 〔决不象我们专靠主义吃饭的人只有做几句"之乎者也"的闹墨式的文章呢〕最初版作："决不象我们专靠主义吃饭的人（不仅是共产主义者）只能做几句'之乎也者'的闹墨式的文章呢"，光华版同。

④ 〔几万万〕最初版、光华版作："二万万"。

⑤ 〔他们把他们的机器工业品输入，同时又把我们旧有的手工业破坏了〕最初版作："而且他们把他们的机器工业品来同时又把我们旧有的手工业破坏了"，光华版作："而且他们把他们的机器工业品输来，同时又把我们旧有的手工业破坏了"。

⑥ 〔一些狗彘不如的政客〕最初版、光华版作："一些狗彘不如的匪兵"。

资本家赐给我们的宏福，就是资本主义赐给我们的宏福呀①！我们现在甚么人都在悲哀，眼看我们民众处在一个极苦闷的时代，但我们要睁开眼睛把这病源看清楚②！我们自己是不能再模糊了，我们已经把眼睛睁开了的人③，究竟该走那一条路，这是明明白白的。我们虽然同是生在一个时代，不消说也有许多不自觉的人。有的是托祖宗宏福生下地来便是资产家④。有的愿做资产家和外国人的走狗。有的在做黄金的迷梦想于未来成为一个资产家。有的是醉生梦死的冗人。这些人不消说是不会感受甚么痛苦的；他们所感受的痛苦宁是反面的痛苦，是怕革命时期的到来要破坏他们的安康⑤。所以社会思想在他们看来完全是洪水猛兽。他们在我们中国是新生的第三阶级，他们根本上和外国资本家是一鼻孔出气的人。中国的革命对于外国的资本家是生死关头，对

---

① 〔就是外国资本家赐给我们的宏福，就是资本主义赐给我们的宏福呀〕最初版、光华版作："这就是外国资本家赐给我们的宏福，这就是资本主义赐给我们的宏福呀"。

② 〔眼看我们民众处在一个极苦闷的时代，但我们要睁开眼睛把这病源看清楚〕最初版、光华版作："我们民众处在一个极苦闷的时代，我们要睁开眼睛把这病源看定"。

③ 〔我们已经把眼睛睁开了的人〕最初版作："我们是已经把眼睛睁开了的人"，光华版作："我们自己已经把眼睛睁开了的人"。

④ 〔有的是托祖宗宏福生下地来便是资产家〕最初版、光华版作："有的是托祖宗的宏福生下地来便是资产家"。

⑤ 〔这些人不消说是不会感受甚么痛苦的；他们所感受的痛苦宁是反面的痛苦，是怕革命时期的到来要破坏他们的安康〕最初版、光华版作："这些人不消说他是不会感受甚么痛苦的；他所感受的痛苦宁是反面的痛苦，他是怕革命时期的到来要破坏他们的安康"。

于本国的资本家也是生死关头，他们的利害是完全共通的。要他们这样的人才是没有祖国的，他们的国家就是一个无形的资本主义的王国。只要他们的资产家的地位能够保持，中国会成为怎样，中国人会成为怎样，他们是不管的。你不相信吗？中国人谁都在希望着关税的独立，然而上海滩上的靠着买空卖空吃饭的大商人、大买办，正在竭力反对呢①。哼，哼！真是在做梦！有人还要闹甚么全民革命，有人还要闹甚么反对阶级斗争！阶级斗争他要反对，他说阶级是没有的。阶级真个是没有的吗？外国人拼命地在榨取我们，我们也眼睁睁地在受人榨取。军阀们拼命地在屠戮民众，民众也眼睁睁地在受人屠戮。坐汽车的老爷们在坦坦的马路上大事其盘旋，修马路的工人们在辘轳前汗流浃背②。有钱的人随随便便地吹掉了几筒"加里克"的香烟，做香烟的工人们一天做了十六点钟的工，辛辛苦苦地还做不上半筒"加里克"的烟钱。阶级真个是没有的吗？喝醉了酒的人要说他自己没有喝醉，发了疯的人要说他自己没有发疯，明明看着两个阶级在血淋淋地斗争着的人，要说是没有阶级，要起来反对阶级斗争，这种喝醉了酒的英雄，发了狂的"三K党"，你把他有甚么法子呢！

总之我们现代是社会思想磅礴的时代，是应该磅礴的时代，我们生在现代的人，尤为是生在现代的文人，看你该取一种甚么

---

① 〔正在竭力反对呢〕最初版作："正在极力反对呢"，光华版同。
② 〔修马路的工人们在辘轳前汗流浃背〕最初版、光华版作："而马路的工人们在辘轳前汗流浃背"。

态度？

你生下地来就是资产家的儿子，你生下地来就是一位"Happy Prince"（幸福王子）吗①？那你要去建筑你的象牙宫殿，你要把文艺当成葡萄酒、玫瑰花、鸦片烟，你要吟吟风弄弄月，你要捧捧明星做做神仙，你尽管去，尽管去，你的工作和我们全不相干。可你要晓得，你的象牙宫殿不久便会有人来捣蛋！

你生下地来不一定就是资产家的儿子，而且你假如还是饱尝过人生苦、世界苦的人，只要你没有中黄金毒，你不梦想做未来的资产家，你不是酒精中毒者，你没有发疯，你没有官瘾，你不是甚么"棒喝团"、"三K党"的英雄，那你谦谦逊逊地只好来做一个社会思想的感染者。你的文艺当然会是感染了社会思想的文艺，你的文艺当然会含着革命的精神。

这儿没有中道留存着的，不是左，就是右，不是进攻，便是退守。你要不进不退，那你只好是一个无生命的无感觉的石头！一个超贫富、超阶级的彻底自由的世界还没有到来②。这样的世界不能在醉梦里去寻求，不能在幻想里去寻求，这样的世界只能由我们的血，由我们的力，去努力战斗而成实有！这样的世界不是乌托邦，不是死后的天堂，不是西方的极乐，这是实际地在现实世界里可以建设的。我们正要为这个理想而战！你们同情于我

---

① 〔"Happy Prince"（幸福王子）〕最初版、光华版作："'Happy Prince'"。
② 〔一个超贫富、超阶级的彻底自由的世界还没有到来〕最初版作："一个超贫富的超阶级的彻底自由的世界还没有到来"，光华版同。

的青年朋友哟，你们既同情于我便请不要为我悲哀，你们如要为我悲哀，那你们顶好是和我对敌！真正的友人我是欢迎的，真正的敌人我也是欢迎的，我所不高兴的是半冷不热的这种无理解的同情①——不消说无理解的敌对，我也是不敢恭维的（北京城里有些比较有进步思想的先生们说我是国家主义者②，我真不知道是何所见而云然）。我在这儿可以斩钉截铁地说一句话③：我们现在所需要的文艺是站在第四阶级说话的文艺，这种文艺在形式上是现实主义的，在内容上是社会主义的。除此以外的文艺都已经是过去的了。包含帝王思想宗教思想的古典主义，主张个人主义自由主义的浪漫主义，都已过去了。过去了的自然有它历史上的价值，但是和我们现代不生关系。我们现代不是玩赏骨董的时代。我们现代不消说也还有退守着这些主义的残垒的人，这些人就是一些第三阶级的斗士。他们就是一些不愿沾染社会思想，而且还要努力扑灭社会思想的。这是我们的敌人。还有一些嗜好文艺的青年，他们也大多是偏袒于这一方面的。他们年纪既轻，而且还有嗜好文艺的余暇，大体上是一些资产家或者小资产家的少

---

① 〔我所不高兴的……〕最初版、光华版作："我不高兴的……"。
② 《沫若文集》版在此处加有注释："当时钱玄同和语丝派曾经有过这样的误解——沫若注。"
③ 〔斩钉截铁〕最初版、光华版作："斩金截铁"。

爷公子①。他们既没有经历过人生的痛苦②，也没有接触过社会的黑暗面③，他们的环境还是一个天堂，他们还不晓得什么叫社会思想。不过他们的不晓得，和不想晓得乃至晓得而视为危险物的不同。他们只要有接触的机会，他们总有一天会觉悟的④。本来我们现在从事于文艺的人，怕没有一个可以说是纯粹的无产阶级的。纯粹的无产阶级的文艺家，中国还没有诞生。我们是稍能懂得一两国的语言⑤，至少能自由操纵这些四方四正的文字的人，都可以说是祖宗有德，使我们读了十年二十年的书在前面去了⑥。所以有人说我不穷，我也不想作些无聊的辩护。不过我自己就算没有穷到绝底，社会上尽有比我穷到绝底的人，而且这种人还占社会上的大多数。那就无论他是怎样横暴的人，他不能来禁止我替这些穷到绝底的人说话。——他要禁止我说话，除非他把我杀

---

① 〔大体上是一些资产家或者小资产家的少爷公子〕最初版、光华版作："大约总是资产家或者小资产家的少爷公子"。

② 〔经历〕最初版、光华版作："尝历"。

③ 〔也没有接触过社会的黑暗面〕最初版作："也没有接触过社会的暗黑面"，光华版同。

④ 〔他们只要有接触的机会，他们总有一天会觉悟的〕最初版作："他们只要有接触的机会，只要想有接触的机会，他们总有一天会觉悟的"，光华版同。

⑤ 〔稍能〕最初版作："少能"，光华版同。

⑥ 〔使我们读了十年二十年的书在前面去了〕最初版、光华版作："使我们读了十年二十年的书在前面去了的"。

了①！所以，我们所争的就要看你代表的是那一方面。你是代表的有产阶级，那你尽管可以反对我，我们本来是应该在疆场上见面的人，文笔上的饶情我不哀求，我也不肯假借②。在现代的社会没有甚么个性，没有甚么自由好讲。讲甚么个性，讲甚么自由的人，可以说就是在替第三阶级说话。你假如要说"不许我有个性，不许我有自由时，那我就要反抗"。那吗刚好，我们正可以说是同走着一条路的人。你要主张你的个性，你要主张你的自由，那请你先把阻碍你的个性、阻碍你的自由的人打倒。而且你同时也要不阻碍别人的个性、不阻碍别人的自由，不然你就要被人打倒。象这样要人人能够彻底主张自己的个性、人人能够彻底主张自己的自由，这在有产的社会里面是不能办到的。那吗，朋友，你既是有反抗精神的人，那自然会和我走在一道。我们只得暂时牺牲了自己的个性和自由去为大众人的个性和自由请命了。这样堂堂正正的大路，我们有甚样悲哀的必要③，我们有甚么畏缩的必要呢？

　　朋友们哟，和我表同情的朋友们哟！我们现在是应该觉悟的

①　〔他不能来禁止我替这些穷到绝底的人说话。——他要禁止我说话，除非他把我杀了〕最初版作："他不能来禁制我替这些穷到绝底的人说话。——他要禁制我说话，除非是把我杀了"，光华版作："他不能来禁止我替这些穷到绝底的人说话。——那要禁止我说话，除非他把我杀了"。

②　〔文笔上的饶情我不哀求，我也不肯假借〕最初版、光华版作："文笔上的饶情我是不肯不哀求，我也是不肯假借的"。

③　〔甚样〕最初版作："甚么"，光华版同。

时候了！我们既要从事于文艺，那就应该把时代的精神和自己的态度拿稳。

我们现在所需要的文艺是站在第四阶级说话的文艺，这种文艺在形式上是现实主义的①，在内容上是社会主义的。——我在这儿敢斩钉截铁地说出这一句话。②

1926 年 3 月 2 日夜③

---

① 〔现实主义〕最初版、光华版作："写实主义"。
② 〔斩钉截铁〕最初版、光华版作："斩金截铁"。
③ 〔1926 年 3 月 2 日夜〕最初版作："民国十五年三月二日"，光华版作："十五年，三月，二日夜"。

# 革命与文学①

我们现在是革命的时代②，我们是从事于文学的人。我们所从事的文学对于时代有何种关系，时代对于我们有何种要求，我们对于时代当取何种的态度，这些问题是我想在这儿讨论的。

我们先来讨论革命与文学的关系。

革命与文学一并列起来，我们立地可以联想到的，便是有两种极端反对的主张。

有一派人说，革命和文学是冰炭不相容的，这两个东西根本不能并立。主张这个意思的人更可以分为两小派，一派是所谓文学家，一派是所谓革命家。

所谓文学家，尤其是我们中国人的所谓文学家，他们是居住

---

① 本篇最初发表于 1926 年 5 月上海《创造月刊》第一卷第三期。

② 〔我们现在是革命的时代〕最初版作："我们现代是革命的时代"，光华版同。

在另外一种天地的另外的一种人种①。他们的生涯是风花雪月，他们对于世事是从不过问的。世事临到清平的时候，他们或许还可以讴歌一下太平②，但一临到变革的时候，他们的生活便感受着一种威胁，他们对于革命是比较冷淡的③，他们可以取一种超然的态度，不然便要竭力加以诅咒④。这种实例无论是旧式的文人或者是新式的文人⑤，我们随处都可以看见。在他们看来，文学和革命总是不两立的。

的确也会是不两立的。文学家对于革命竭力在想超越，在想诅咒，而革命家对于文学也竭力在想轻视，在想否认。我们时常听着实际从事于革命的人说：文学！文学这样东西于我们的革命事业究有甚么？它只是姑娘小姐们的消闲品，只是堕落青年在讲堂上懒于听讲的时候所偷食的禁果罢了。从事于文学的人根本是狗钱不值的。

文学家竭力在诅咒革命，革命家也极力在诅咒文学。这两种人的立脚点虽然不同，然而在他们的眼光里，文学和革命总是不

---

① 〔他们是居住在另外一种天地的另外的一种人种〕最初版、光华版作："他们是居住在别外一种天地的别外的一种人种"。

② 〔太平〕最初版、光华版作："泰平"。

③ 〔他们对于革命是比较冷淡的〕最初版、光华版作："他们对于革命，比较冷静的"。

④ 〔不然便要竭力加以诅咒〕最初版作："不然便要极力加以诅咒"。以下"竭力"最初版均作"极力"，光华版均同。

⑤ 〔这种实例无论是旧式的文人或者是新式的文人〕最初版作："这种实例无论是旧式的文人或者新式的文人"，光华版同。

能两立的。

文学和革命根本上不能两立，这是一种极普遍的主张，事实上是如此，而且理论上也的确是如此。然而和这种主张极端反对的，是说文学和革命是完全一致！

文学是革命的前驱，在革命的时代必然有一个文学上的黄金时代。这样的主张我们也是时常听见的。

我们且先从历史上来求它的证据吧。譬如一七八九年法国革命之前产生了不少的文学家，如象佛尔特尔，如象卢梭，他们都是划时代的人物，而且法国革命许多批评家和历史家都说是由他们唤起的①。又譬如一九一七年俄国革命也是一样②。在俄国革命未成功之前，俄国正不知道产生了多少文豪，这其中反革命的当然不能说是没有，然而勇敢地作为革命的前驱，不亚于法国佛尔特尔和卢梭的也正指不胜屈。

回头再说到我们中国吧。譬如周代的"变风""变雅"和屈子的《离骚》，都是在革命时期中所产生出来的千古不磨的文学③。而每当朝代换易，一些忠臣烈士所披沥的血泪文章，至今

---

① 〔……都说是由他们唤起的〕最初版、光华版作："……都说是由他们唤起来的"。
② 〔又譬如一九一七年俄国革命也是一样〕最初版作："又譬如一九一七年的俄国革命也是一样"，光华版同。
③ 〔……产生出来的千古不磨的文学〕最初版作："……产生出的千古不磨的文学"，光华版同。

犹传诵于世的，我们也可以说是指不胜屈的。①

据这样看来，文学和革命也并不是不能两立，而且是互为因果，有完全一致的可能。主张这种见解的人，自然不能说是全无根据。

那吗，我们对于这两种不同的主张，怎样来加以解释呢？②

同是一个问题而发生出两种不同的主张，而且这两种主张都是证据确凿，都是很合理的。我们要怎样才可以解释呢？

这个问题好象是很难解决的问题，但是我们只要把革命的因子和文学的性质略略讨论一下，便不难迎刃而解了。

革命本来不是固定的东西，每个时代的革命各有每个时代的精神，不过革命的形式总是固定了的。每个时代的革命一定是每个时代的被压迫阶级对于压迫阶级的彻底的反抗③。阶级的分化虽然不同④，反抗的目的虽然不同，然而其所表现的形式是永远相同的。

那吗我们可以知道，每逢革命的时期，在一个社会里面，至少是有两个阶级的对立。有两个阶级对立在这儿，一个要维持它素来的势力，一个要推翻它。在这样的时候，一个阶级当然有一

---

① 〔我们也可以说是指不胜屈的〕最初版、光华版作："我们也可以说是指不胜屈的了"。

② 〔怎样来加以解释呢?〕最初版、光华版作："怎么才可以解释呢?"

③ 〔彻底的反抗〕最初版作："彻底反抗"，光华版误作："彻底反的抗"。

④ 〔阶级的分化虽然不同〕最初版作："阶级的成分虽然不同"，光华版误作："阶级的化虽然不同"。

个阶级的代言人，看你是站在那一个阶级说话。你假如是站在压
迫阶级的，你当然会反对革命；你假如是站在被压迫阶级的，你
当然会赞成革命。你是反对革命的人，那你做出来的文学或者你
所欣赏的文学，自然是反对革命的文学①，是替压迫阶级说话的
文学；这样的文学当然和革命不两立，当然也要被革命家轻视和
否认的。你假如是赞成革命的人，那你做出来的文学或者你所欣
赏的文学，自然是革命的文学，是替被压迫阶级说话的文学；这
样的文学自然会成为革命的前驱，自然会在革命时期产生出黄金
时代了②。

这样一来，我们可以知道文学的这个公名中包含着两个范
畴：一个是革命的文学，一个是反革命的文学。


我们得出了文学的两个范畴，所有一切概念上的纠纷，都可
以无形消灭，而我们对于文学的态度也就可以决定了。文学是不
应该笼统的反对，也不应该笼统的赞美的。这儿我们应该要分别
清楚，我们无论是创作文学的人或者研究文学的人，我们是应该
要把自己的脚跟站定③。每个时代的每种文学都有它的赞美人和

---

① 〔自然是反对革命的文学〕最初版作："自然是反革命的文学"，光华版同。

② 〔自然会在革命时期产生出黄金时代了〕最初版、光华版作："自然会在革命
时期中产生出一个黄金时代了"。

③ 〔我们是应该要把自己的脚跟站定〕最初版、光华版作："我们是应该要把自
己的脚跟认定"。

它的反对人，但是我们现在姑且作为第三者而加以观察和批评时①，究竟那一种文学真是应该受人赞美？那一种文学真是应该受人反对呢？我们要解决这个问题，在先有探求社会构成的基调和社会发展的形式之必要。

文学是社会上的一种产物，它的生存不能违背社会的基本而生存，它的发展也不能违反社会的进化而发展。所以我们可以说一句，凡是合乎社会的基调的文学方能有存在的价值②，而合乎社会进化的文学方能为活的文学，进步的文学。

社会构成的基调究竟是些甚么呢？我敢相信，我们人类社会的构造是在求最大多数人的最大幸福。假使最大的幸福是被少数人垄断了，最大多数人的社会生活便无从得到幸福③，而已成的社会也会归于瓦解。在这已成的社会中，最大多数的不幸的人一定要起而推翻这少数的垄断者，而别求一合乎这个构成原理的新的社会。这就是该个社会中的革命现象。

但是社会中的革命现象，自从私有财产制度产生以后是永远没有止息的，社会中的财富渐次垄断于少数人的手中，所以每次

① 〔但是我们现在姑且作为第三者而加以观察和批评时〕最初版作："但是我们现在暂且作为第三者而加以观察和批判的时候"，光华版作："但对我们现在暂且作为第三者而加以观察的批评的时候"。
② 〔基调〕最初版、光华版作："基本"。
③ 〔假使最大的幸福是被少数人垄断了，最大多数人的社会生活便无从得到幸福〕最初版、光华版作："假使最大的幸福是被少数人垄断了的时候，社会生活是无从产生"。

革命都要力求其平，而使大多数人得到平等的机会。所以社会进展的形式是辩证式的①。就是甲的制度失掉了统制社会的权威，必然有乙的一种非甲的制度出而代替，待到时代既久非甲的乙渐次与甲调和而生出丙来，又渐次失掉了统制社会的权威，又必然有非丙的丁出而代替。如此永远代替，永远进展起去，其根基都在求大多数人的幸福的生活。所以在社会的进展上我们可以得一个结论，就是凡是新的总就是好的，凡是革命的总就是合乎人类的要求，合乎社会构成的基调的。

据这样看来，我们可以说凡是革命的文学就是应该受赞美的文学，而凡是反革命的文学便是应该受反对的文学。应该受反对的文学我们可以根本否认它的存生，我们也可以简切了当地说它不是文学。大凡一个社会在停滞着的时候，那时候所产生出来的文学都是反革命的，而且同时是全无价值的。我们中国的八股、试帖诗、滥四六调的文章之所以全无价值，也就是这个原故了。

那吗，我们更可以归纳出一句话来：就是文学是永远革命的，真正的文学是只有革命文学的一种。所以真正的文学永远是革命的前驱，而革命的时期中总会有一个文学的黄金时代出现。

所以我在讨论文学和革命的关系的时候，我始终承认文学和

---

① 〔所以社会进展的形式是辩证式的〕最初版、光华版作："所以社会进展的形式是辩证式（dialectics）的"。

革命是一致的，并不是不两立的①。

文学和革命是一致的，并不是两立的。

何以故？

以文学是革命的前驱，而革命的时期中永会有一个文学的黄金时代出现故。

那吗文学何以能为革命的前驱，而革命的时期中何以会有一个文学的黄金时代出现呢？这儿是我们应该讨论的第二步的问题。

大凡的人以为文学是天才的作品，所以能够转移社会。这样的话太神秘了，我是不敢附和的。天才究竟是甚么，我们实在不容易捉摸②。我看我们在这儿不要在题外生枝了，我们让别人拿去作恭维的话柄，我们让别人拿去作骂人的工具吧。我们要解决这个问题，另外当求一种比较不神秘的合乎科学的根据。

我们人类的气质（Temperament）是各有不同的，从来的学者大别分为四种：一种是胆汁（choleric），一种是神经质（melancholic），一种是多血质（sanguinic），一种是粘液质（phlegmatic）。神经质的人感受性很锐敏，而他的情绪的动摇是很强烈而且能持久的。这样的人多半倾向于文艺。因为他情绪的动摇强

---

① 〔并不是不两立的〕最初版同，光华版作："并不是不两称的"。
② 〔我们实在不容易捉摸〕最初版作："我们实在不容易攫捉"，光华版同。

而且持久，所以他只能适于感情的活动而且是静的活动。因为他的感受性锐敏，所以一个社会快要临到变革的时候，在别种气质的人尚未十分感受到压迫阶级的凌虐，而他已感受到十二分，经他一呼唤出来，那别种气质的人也就不能不继起响应了。文学能为革命的前驱的，我想怕就在这儿。文学家并不是能够转移社会的天生的异材，文学家只是神经过敏的一种特殊的人物罢了。

文学在革命时代能够兴盛的原故也可以同用心理学上的根据来说明。

我们知道文学的本质是始于感情终于感情的。文学家把自己的感情表现出来，而他的目的——不管是有意识的或无意识的——总是要在读者的心中引起同样的感情作用的①。那吗作家的感情愈强烈、愈普遍，而作品的效果也就愈强烈、愈普遍。这样的作品当然是好的作品。一个时代好的作品愈多，就是那个时代的文学愈兴盛的表现。革命时代的希求革命的感情是最强烈、最普遍的一种团体感情，由这种感情表现而为文学②，来源不穷，表现的方法万殊，所以一个革命的时期中总会有一个文学的黄金

---

① 〔总是要在读者的心中引起同样的感情作用的〕最初版作："总是在读者心中引起同样的感情作用的"，光华版作："总是在读者的心中引起同样的感情作用的"。

② 〔由这种感情表现而为文学〕最初版作："由这种感情表现而为文章"，光华版同。

时代了①。

　　更进，革命时期是容易产生悲剧的时候，被压迫阶级与压迫者反抗，在革命尚未成功之前，一切的反抗是容易归于失败的②。阶级的反抗无论由个人所代表，或者是由团体爆发③，这种个人的失败史，或者团体的失败史，表现成为文章便是一篇悲剧。而悲剧在文学的作品上是有最高级的价值的，革命时期中容易产生悲剧，这也就是革命时期中自会有一个文学上的黄金时代的第二个原因了。


　　以上我把革命和文学的关系略略说明了。这儿还剩着一个顶大的问题，就是所谓革命文学究竟是怎样的文学？那就是革命文学的内容究竟怎么样？

　　这个问题我看是不能限制在一个时代里面来说话的。社会进化的过程中，每个时代都是不断地革命着前进的。每个时代都有每个时代的精神，时代精神一变，革命文学的内容便因之而一变。在这儿我可以得出一个数学的方式，便是

$$革命文学 = F（时代精神）$$

---

①〔所以一个革命的时期中总会有一个文学的黄金时代了〕最初版、光华版作："所以一个革命的时期中总含有一个文学的黄金时代了"。

②〔一切的反抗是容易归于失败的〕最初版、光华版作："所有一切的反抗都是要归于失败的"。

③〔或者是由团体爆发〕最初版、光华版作："或者是由团体的爆发"。

更简单地表示的时候，便是

$$文学 = F（革命）$$

这用言语来表现时，就是文学是革命的函数。文学的内容是跟着革命的意义转变的，革命的意义变了，文学便因之而变了。革命在这儿是自变数，文学是被变数，两个都是 XYZ，两个都是不一定的。在第一个时代是革命的，第二个时代又成为非革命的①，在第一个时代是革命文学，在第二个时代又成为反革命的文学了。所以革命文学的这个名词虽然固定，而革命文学的内涵是永不固定的。

我们现在请就欧洲的文艺思潮来证明革命文学的进展吧。

欧洲的文艺思潮发源于希腊，希腊的人本主义输入罗马而流为贵族的享乐主义，在五九〇年，罗马法王恪雷戈里一世即位之前，罗马皇帝及其贵族们专擅②，淫奢，使一般的民众不能聊生，而生出厌世的倾向。应时而起者便是基督教的禁欲主义。所以在当时的革命是第二阶级的僧侣对于第一阶级的王族的革命，而在文学上的表现便是宗教的禁欲主义的文学对于贵族的享乐主义的文学的革命。宗教的禁欲主义的文学在当时便是革命文学。

---

① 〔第二个时代又成为非革命的〕最初版作："在第二个时代又成为非革命的"，光华版同。

② 〔罗马皇帝及其贵族们专擅〕最初版作："罗马皇帝及其贵族们的专擅"，光华版同。

　　宗教渐渐隆盛了起来①，第二阶级的僧侣和第一阶级的王族渐渐接近，渐渐妥协，渐渐狼狈为奸，禁欲主义与享乐主义苟合而产出形式主义来。形式主义在文学上最鲜明的表现便是所谓古典主义。在这时候与第一阶级和第二阶级联合战线相反抗的②，便是一般被压迫的第三阶级的市民。当时一般市民失掉了个性的自由③，在两重的压迫之下行将窒息，所以一时个人主义和自由主义的思潮应运而起，滥觞于意大利之文艺复兴，而爆发于一七八九年之法兰西大革命。这时候在文艺上的表现便是浪漫主义对于形式主义的抗争。浪漫主义的文学便是最尊重自由、尊重个性的文学，一方面要反抗宗教，而同时在另一方面又要反抗王权④，意大利文艺复兴期中的诸大作家，英国的莎士比亚⑤、密尔顿，法国的佛尔特尔、卢梭，德国的歌德、许雷⑥，都可以称为这一派文学的伟大的代表。这一派文学，在精神上是个人主义，自由主义，在表示上是浪漫主义的文学，便是十七八世纪当时的革命文学。

---

① 〔宗教渐渐隆盛了起来〕最初版、光华版作："宗教渐渐隆盛起来"。
② 〔……和第二阶级联合战线相反抗的〕最初版作："……和第二阶级的联合战线相反抗的"，光华版同。
③ 〔当时一般市民失掉了个性的自由〕最初版作："当时一般的市民失掉了个性的自由"，光华版同。
④ 〔而同时在另一方面又要反抗王权〕最初版、光华版作："而同时于别方面又要反抗王权"。
⑤ 〔莎士比亚〕最初版作："莎士比"，光华版作："莎士亚"。
⑥ 〔许雷〕最初版、光华版作："许尔雷"。

然而第三阶级抬头之后，以个人主义、自由主义为核心的资本主义渐渐猖獗起来，使社会上新生出一个被压迫的阶级，便是第四阶级的无产者。在欧洲的今日已经达到第四阶级与第三阶级的斗争时代了。浪漫主义的文学早已成为反革命的文学，一时的自然主义虽是反对浪漫主义而起的文学，但在精神上仍未脱尽个人主义与自由主义的色彩。自然主义之末流与象征主义、唯美主义等浪漫派之后裔均只是过渡时代的文艺①，它们对于阶级斗争的意义尚未十分觉醒②，只在游移于两端而未确定方向。而在欧洲今日的新兴文艺，在精神上是彻底同情于无产阶级的社会主义的文艺③，在形式上是彻底反对浪漫主义的写实主义的文艺。这种文艺，在我们现代要算是最新最进步的革命文学了。

我们这样把欧洲文艺思潮的进展追踪起来，可以知道革命文学在史实上也的确是随着时代的精神而转换的。前一个时代有革命文学出现，而在后一个时代又有革革命文学出现，更后一个时代又有革革革命文学出现了。如此进展以至于现世，为我们所要求的革命文学，其内容与形式是很明了的。凡是同情于无产阶级

---

① 〔自然主义之末流与象征主义、唯美主义等……〕最初版作："自然主义之末流与象征主义神秘主义唯美主义等……"，光华版作："自然主义之末流与象征主义唯美主义等……"。

② 〔它们对于阶级斗争的意义尚未十分觉醒〕最初版、光华版作："她们对于阶级斗争之意义尚未十分觉醒"。

③ 〔在精神上是彻底同情于无产阶级……〕最初版、光华版作："在精神上是彻底表同情于无产阶级……"。

而且同时是反抗浪漫主义的便是革命文学。革命文学倒不一定要描写革命，赞扬革命，或仅仅在表面上多用些炸弹、手枪、干干干等字样①。无产阶级的理想要望革命文学家点醒出来，无产阶级的苦闷要望革命文学家实写出来。要这样才是我们现在所要求的真正的革命文学。

现在再说到我们自己本身上来。我们自己处在今日的世界，处在今日的中国，我们自己所要求的文学是那一种内容呢？

我看我们的要求和世界的要求是达到同等的地位了。资本主义逐渐发展，看看快要到了尽头，遂由国家的化而为国际的。资本主义的国际化便是我们现刻受着压迫而力谋打倒的帝国主义。随着资本主义的国际化而发生的，便是阶级斗争的国际化，所以我们的打倒帝国主义的要求，同时也就是对于社会主义的一种景仰。我们现在除掉反抗帝国主义的工作外，当然还有许许多多的国民革命工作②，但在我看来，我们对内的国民革命的工作，同时也就是对外的世界革命的工作。譬如我们中国的军阀，他们一

---

① 〔……或仅仅在表面上多用些炸弹、手枪、干干干等字样〕最初版作："……或仅仅在文面上多用些炸弹、手枪、干干干等花样"，光华版"表面"作"艺面"，其余与最初版同。

② 〔我们现在除掉反抗帝国主义的工作外，当然还有许许多多的国民革命工作〕最初版作："我们现在除反抗帝国主义的工作外，当然也还有许许多多的国民革命的工作"，光华版此句无"也"字，其余与最初版同。

半是由帝国主义所生发出来的①。他们的军饷是帝国主义的投资，他们的军火是帝国主义的商品，他们的爪牙兵士是帝国主义破坏了中国固有的手工业②，使一般的人陷为了游民，而为他们驱遣去的鱼雀。所以我们要彻底打倒军阀，根本也非彻底打倒帝国主义不可③。所以我们的国民革命同时也就是世界革命。我们的国民革命的意义，在经济方面讲来，同时也就是国际间的阶级斗争。这阶级斗争的事实（须要注意，这是一个事实，并不是甚么人的主张！）是不能消灭的。我们中国的民众大都到了无产阶级的地位了。同情于民众，同情于国民革命的人④，他们根本上不能不和帝国主义反抗。不同情于民众，不同情于国民革命的人，如象一些军阀、官僚、买办、劣绅等等，他们结局会与帝国主义联成一线来压迫我们（实际上是已经做到了这步田地）⑤。那吗我们的革命，不根本还是以无产阶级为主体的力量对于有产阶级

---

① 〔他们一半是由帝国主义所生发出来的〕最初版、光华版作："他们完全是由帝国主义派生出来的"。

② 〔……破坏了中国固有的手工业〕最初版、光华版作："……破坏了我们中国固有的手工业"。

③ 〔根本也非彻底打倒帝国主义不可〕最初版、光华版作："根本也非彻底打倒帝国主义不行"。

④ 〔同情于民众，同情于国民革命的人〕最初版、光华版作："表同情于民众，表同情于国民革命的人"。

⑤ 〔实际上是已经做到了这步田地〕最初版、光华版作："实际上已经是做到这步田地的了"。

的斗争吗①？所以我们的国民的或者民族的要求，归根是和资本主义国度下的无产阶级的要求完全一致②。我们要求从经济的压迫之下解放，我们要求人类的生存权，我们要求分配的均等③，所以我们对于个人主义和自由主义要根本铲除④，对于反革命的浪漫主义文艺也要取一种彻底反抗的态度。⑤

　　青年！青年！我们现在处的环境是这样，处的时代是这样，你们不为文学家则已，你们既要矢志为文学家，那你们赶快要把神经的弦索扣紧起来，赶快把时代的精神抓着⑥。我希望你们成革命的文学家，不希望你们成为时代的落伍者⑦。这也并不是在替你们打算，这是在替我们全体的民众打算。彻底的个人的自

---

① 〔……对于有产阶级的斗争吗〕最初版、光华版作："……对于他们有产阶级的斗争吗"。
② 〔归根是和资本主义……〕最初版、光华版作："归根是和他们资本主义……"。
③ 〔我们要求从经济的压迫之下解放，我们要求人类的生存权，我们要求分配的均等〕最初版、光华版作："我们要要求从经济的压迫之下解放，我们要要求人类的生存权，我们要要求分配的均等"。
④ 〔所以我们对于个人主义和自由主义要根本铲除〕最初版、光华版作："所以我们对于个人主义的自由主义要根本铲除"。
⑤ 〔对于反革命的浪漫主义文艺也要取一种彻底反抗的态度〕最初版、光华版作："我们对于浪漫主义的文艺也要取一种彻底反抗的态度"。
⑥ 〔赶快把时代的精神抓着〕最初版、光华版作："赶快把时代的精神提着"。
⑦ 〔我希望你们成革命的文学家，不希望你们成为时代的落伍者〕最初版、光华版作："我希望你们成为一个革命的文学家，不希望你们成为个时代的落伍者"。

由，在现在的制度之下是追求不到的①。你们不要以为多饮得两杯酒便是甚么浪漫精神②，多做得几句歪诗便是甚么天才作者③。你们要把自己的生活坚实起来，你们要把文艺的主潮认定！应该到兵间去，民间去，工厂间去，革命的漩涡中去。你们要晓得，时代所要求的文学是同情于无产阶级的社会主义的写实主义的文学，中国的要求已经和世界的要求一致。时代昭告着我们：我们努力吧，向前猛进!④

1926 年 4 月 13 日⑤

---

① 〔在现在的制度之下是追求不到的〕最初版作："在现代的制度之下也是求不到的"，光华版作："在现在的制度之下也是求不到的"。

② 〔……便是甚么浪漫精神〕最初版作："……便是甚么浪漫的精神"，光华版作："……便是怎么浪漫的精神"。

③ 〔多做得几句歪诗便是甚么天才作者〕最初版作："多诌得几句歪诗便是甚么天才的作者"，光华版作："多做得几句歪诗便甚么天才的作者"。

④ 〔你们要晓得，时代所要求的文学是同情于无产阶级的社会主义的写实主义的文学，中国的要求已经和世界的要求一致。时代昭告着我们：我们努力吧，向前猛进!〕最初版、光华版作："你们要晓得我们所要求的文学是表同情于无产阶级的社会主义的写实主义的文学，我们的要求已经和世界的要求是一致。我们昭告着我们，我们努力着向前猛进!"

⑤ 〔1926 年 4 月 13 日〕最初版作："民国十五年四月十三日草成于广州"，光华版作："十五年，四月，十三日"。

# 英雄树①

　　广东有一种热带性的植物名叫木棉。它的发育非常迅速②。只消三五年便可以成为参天的大木，压倒周围的群树。

　　这种树木的外形有一种特征，便是它的本干是笔直的向空中发展，它的旁枝是成为一种轮形在一个平面内向周围辐射。大概看出它有好多枝轮，可以定出那树木的年龄了③。不过这种特征，要在年青的树木上才可以看见④，如是多年的老木，便不免要呈出异态，因为受了外界的影响。

　　这树木，因为它发展得迅速，并因它外形的堂皇，广东人又叫它做"英雄树"。它的外观，它的成长，委实也象个英雄的

---

① 本篇最初发表于 1928 年 1 月上海《创造月刊》第一卷第八期，署名麦克昂。
② 〔它的发育非常迅速〕最初版、光华版作："它的发育非常的迅速"。
③ 〔可以定出那树木的年龄了〕最初版作："便可以定出那树木的年龄了"，光华版同。
④ 〔要在年青的树木上才可以看见〕最初版、光华版作："要在年轻的树上才可以看见"。

样子。

到了二三月的时候，英雄树在它裸体的枝干上会开出一种如象莲花一样的赤色的花朵①。这也可以说是一种奇观：在这样的大木上能够开花②，并且在木棉成林的地方，如一带的远山或一望的平原，简直会成为一片赤花的世界。

不过这赤花不久就要谢落了，树上在不知不觉之间要结起棉子来；一到六七月的时分，棉子破裂了，白絮到处翻飞，恼人的呼吸器，沾人的衣裳，尤其是玷损时装女子的头发。赤化的世界成为白色恐怖的世界。

这英雄树的棉絮是没有用处的，尤其没有用处的是它的木材。因为它的发育太快，木质非常疏松，在建筑上不能使用，就是把来当做柴烧也不能经火③，简直是大而无用的长物。

朋友们哟，你们可以知道这英雄树的梗概了吧？你看它是在象征甚么？内质十分疏松，只贪图向外发展，而发展得又非常迅速。但也开过一次赤花，然而不久就变成了白色恐怖的世界④。

---

① 〔如象莲花一样的赤色的花朵〕最初版作："如象莲花一样赤色的花朵"，光华版同。

② 〔在这样的大木上能够开花〕最初版、光华版作："在若许的大木上能够开花"。

③ 〔因为它的发育太快，木质非常疏松，在建筑上不能使用，就是把来当做柴烧也不能经火〕最初版、光华版作："因为它的发展太快，木质是非常的疏松，不消说在建筑上是不能够使用，就是把来当做柴烧也不能够经火"。

④ 〔只贪图向外发展，而发展得又非常迅速。但也开过一次赤花，然而不久就变成了白色恐怖的世界〕最初版、光华版作："只是图向外的发展，而发展又非常的迅速。虽然也开过一次赤花，然而不久即变成白色恐怖的世界"。

齿还齿，目还目。

文艺界中应该产生出些暴徒出来才行了。

我们从前都是抱着君子式的态度①，只是受动地受别人的冷嘲热骂，明枪暗箭，一点也不想还手。这种无抵抗主义的态度是他们自命为无政府主义者所主张的，然而他们的行动却是彻底抵抗的主义②。他们不仅是睚眦必报，而且箭上还要加毒，坦克车上还要加绿气炮。

我们也把毒来加上吧，把绿气炮来加上吧！

不仅齿还齿，目还目，我们还要一齿还十齿，一目还十目！


文艺是应该领导着时代走的，然而中国的文艺落在时代后边尚不知道有好几万万里。

个人主义的文艺老早过去了，然而最丑恶的个人主义者，最丑恶的个人主义者的呻吟，依然还在文艺市场上跋扈。③

——酒哟……悲哀哟……我的老七老八哟……

好不漂亮的萎缩的颓废派！④

---

① 〔我们从前都是抱着君子式的态度〕最初版、光华版作："我们从前都是抱的君子式的态度"。
② 〔彻底抵抗的主义〕最初版作："彻底抵抗主义"，光华版同。
③ 〔然而最丑恶的个人主义者，最丑恶的个人主义者的呻吟，依然还在文艺市场上跋扈〕最初版、光华版作："然而最丑猥的个人主义者，最丑猥的个人主义者的呻吟，依然还是在文艺市场上跋扈"。
④ 〔好不漂亮的萎缩的颓废派〕最初版、光华版作："好不漂亮的 impotant 的颓废派"。

大地的最深处有极猛烈的雷鸣。那是——Gonnon——Gon-
non——Gonnon——Baudon——Baudon——Baudon。

你们听见了没有？

你们的王宫，你们的象牙塔，你们的老七老八的铜柱床，快
要倒塌了。①

代替你们而起的新的文艺斗士快要出现了。

你们不要乱吹你们的破喇叭，暂时当一个留声机器吧！


当一个留声机器——这是文艺青年们的最好的信条。

你们不要以为这是太容易了，这儿有几个必要的条件：

第一，要你接近那种声音；

第二，要你无我；

第三，要你能够活动。

你们以为是受了侮辱么？

那没有同你说话的余地，只好敦请你们上断头台！


人有口舌便有话说。

社会上有无产阶级便会有无产阶级的文艺。

有人说要无产阶级革命成功，才有真正的无产阶级的文艺
出现。

---

① 〔快要倒塌了〕最初版、光华版作："会要倒塌了"。

这犹如说要饭煮熟了，才有真正的米谷出现。

有人说：要无产阶级自己做的才是无产阶级的文艺。

这是反革命的宣传，不管他是有意识的，或者无意识的。

这犹如"反对非工人组织工会"！


无产阶级的文艺是倾向社会主义的文艺。

我说"倾向"！——因为社会主义还没有实现，所以才有阶级；因为要求社会主义的实现，所以才巩固无产阶级的大本营以鼓动革命。

这种革命的呼声便是无产阶级的文艺！

只要你有倾向社会主义的热诚，你有真实的革命情趣，你都可以来参加这个新的文艺战线。

你是产业工人固然好，你不是产业工人也未尝不好。


无产阶级革命成了功，那是说共产主义社会已经实现①。那便是无产阶级的消灭②，因为一切阶级的对立都已消灭。

阶级都已消失了③，那还有阶级文艺产生呢？


阶级文艺是途中的文艺。

---

① 〔那是说共产主义社会已经实现〕最初版、光华版无此句。
② 〔那便是无产阶级的消灭〕最初版、光华版作："便是无产阶级的消灭"。
③ 〔阶级都已消失了〕最初版、光华版作："阶级都已消灭了"。

它是一道桥——不论是多么华美的桥①——架设到彼岸。

彼岸！

彼岸有彼岸的文艺，或许同睡在妓女怀中所做的梦差不多②。

但它是现实的。

赶快造桥，不要做梦！


大概是因为思想上的分化吧？现在有好些旧日的朋友和我们脱离，而且以戈矛相向了。

好的，这是很好的现象。

我们大家脱去感伤主义的灰色衣裳，请来堂堂正正地走上理论斗争的战场。

有笔的时候提笔，有枪的时候提枪。——这是最有趣味的生活。


文艺界太和时代脱离，这里的原因是：

第一，文艺家的生活太锢蔽了；

第二，文艺家的思想太锢蔽了。

思想是生活的指路碑。

文艺家哟，请彻底翻读一两本社会科学的书籍吧。

---

① 〔不论是多么华美的桥〕最初版、光华版作："不必是多么华美的桥"。

② 《沫若文集》版在此处加有注释："这些话有意讽刺郁达夫，因为他在当时公开声明脱离创造社，并爱写以妓女为题材的小说。——沫若注。"

　　你们请跳出你们的生活圈外来旅行，并请先读一两本旅行指南。

　　你们要睡在新月里面做梦吗？①

　　这是很甜蜜的。

　　但请先造出一个可以睡觉的新月来。

　　我们要在花园里面醉赏玫瑰花吗？②

　　花园是荒废了，酒是酸败了，玫瑰花是凋谢了。

　　不要追念往时的春天，请先造出一瓶美酒，一座花园吧。

　　你们不消说是要有一个爱人，而且要把她藏在金屋子里面的吧？

　　但是世间上的爱人通同藏在别人的金屋子里面去了。

　　你们最好还是先把金屋子夺回来③，再来做藏娇的事业吧。

　　请分析你们的爱人的梦：

　　……宝石……丝袜……高跟鞋……时装……

　　……金山苹果……巧克力糖……

------

① 《沫若文集》版在此处加有注释："讽刺当时的新月派。——沫若注。"
② 〔我们要在花园里面醉赏玫瑰花吗〕最初版、光华版作："你们要在花园里面醉赏玫瑰花吗"。
③ 〔你们最好还是先把金屋子夺回来〕最初版、光华版作："你们最好还是先把金屋子夺来"。

……汽车……钢琴……跳舞场……

……波斯兽毯……鸭绒被……钢丝床……


你为你的爱人实现她的梦吧。

爱奢华是人的本性。

理想的世界是人欲横流的世界。

造出一个人欲可以横流的世界来吧。

愿天下有情人都能够实现他爱人的梦。①

---

① 最初版篇末有"（寄自日本）"四字，光华版无此四字。

# 桌子的跳舞①

## （解题）

China und die Tische fingen zu tanzen an，als alle uebrige Welt still zu stehen schien———um die andern zu ermuntern.

（其余的世界都好象静止着的时候，中国和桌子们开始跳舞起来——想去鼓舞别人。）

我在资本论的脚注里面发现出引用了这一句有趣的话。我不知道这句话是从甚么地方引用来的。 "China" 有人译成"陶

---

① 本篇最初发表于 1928 年上海《创造月刊》第一卷第十一期，署名麦克昂。

器"①，但德文没有这个含义，而且没有冠词②，觉得怕还是我们"支那"贵国。

我这篇东跳西跳的文章，目的就在鼓舞静止着的别人。

最妙的是我们中国老早就在跳舞了。

我这桌子跟着我们中国一齐跳舞③。

一

我们中国处在一个很伟大的时代，这几年来不知道起了多少伟大的历史的事变。

象"五卅"惨案及其随伴着起来的伟大的民族的抗争，象"三一八"的屠杀，象一九二五年以来的民族革命及其转变……④

这在我们文艺上反映出了些甚么来呢？

——唉，反映出了的是——一张白纸！

我们找不出半个作家注意到了这些上来，我们也找不出半篇

---

① 〔"China"有人译成"陶器"〕最初版、光华版作："'China'有人译成'陶器'的"。
② 〔而且没有冠词〕最初版作："而且又没有冠词"，光华版同。
③ 〔我这桌子跟着我们中国一齐跳舞〕最初版作："我这张桌子跟着我们中国一齐跳舞"，光华版同。
④ 此处最初版有一句："像上海工人的几次空前的大暴动"，光华版无此句。

记述足以为我们历史的夸耀。①

我们的作家们都好象磨坊里的马，蒙着眼睛在固定的圈子上打来回。

我们的作家们都好象田螺，永远拖着自己的坚壳在道路上慢慢地移动，稍微一接触着外界的激刺，便把泫腻腻的软嗒嗒的身子缩进去了。

我们的作家们都好象反刍动物，只得抱自己食囊里面所储蓄的陈腐的食物嚼来嚼去②。

我们的作家都好象养在食料不足处的乌贼，饿了只好自己吃自己的脚③。

啊，你们真是太可怜了！时代赤裸裸地摆在我们的面前，我们为甚么总把它把捉不住呢？

## 二

没有时代精神的作品是没有伟大性的。

---

① 〔……半篇记述……〕最初版、光华版作："……半篇的记述……"。
② 〔食囊〕最初版作："嗉囊"，光华版同。
③ 〔我们的作家都好象养在食料不足处的乌贼，饿了只好自己吃自己的脚〕最初版作："我们的作家们都好象养在食料不足处的乌贼一样，只好自己吃自己的脚"，光华版"作家们"作"作家"，其余与最初版同。

作品的伟大性当然不能在量上决定，然而也包含有量的因素①。

要把捉一个时代的大潮流，决不是随便的几行文字所能办到。

作家也要费无限的心血然后才能成功。

在这儿我发现了我们中国文坛不能产生伟大的作品，不能把捉着时代精神的毛病。

# 三

中国文坛大半是日本留学生建筑成的。

创造社的主要作家是日本留学生②，语丝派的也是一样。

此外有些从欧美回来的彗星和国内奋起的新人，他们的努力和他们的建树，总还没有前两派的势力浩大，而且多是受了前两派的影响。

就因为这样③，中国的新文艺是深受了日本的洗礼的。而日本文坛的毒害也就尽量的流到中国来了④。

---

① 〔然而也包含有量的因素〕最初版、光华版作："然而也包含得有量的因子"。

② 〔创造社的主要作家是日本留学生〕最初版、光华版作："创造社的主要作家都是日本留学生"。

③ 〔就因为这样〕最初版、光华版作："就因为这样的原故"。

④ 〔毒害〕最初版、光华版作："害毒"。

譬如极狭隘、极狭隘的个人生活的描写，极渺小、极渺小的抒情文字的游戏，甚至对于狭邪游的风流三昧……一切日本资产阶级文坛的病毒，都尽量的流到中国来了。

这些病毒便是使日本文坛产生不出伟大作品的重要原因①。

在我们中国呢？不消说草花的种子生不出松柏的大树。

中国新文艺闹了已经十年，除了有几篇短篇还差强人意之外，到底有甚么东西呢？

文艺市场上也有几部长篇小说在流行，但是甚么三角恋爱啦，四角恋爱啦，闹得一塌糊涂，而且还脱不掉剽袭，脱不掉摹仿。我们真是应该惭愧了。

我们振作一下吧，我们奋发一下吧，一面把别人的影响丢掉，一面改造自己的生活，努力做一个社会的人吧！

# 四

我们中国的一些作家呢？就我所知道的（不过我所不知道的恐怕也就没有了），我敢大胆的说，都是些中等资质的人，但他们所过的生活可以说都是天才以上的生活。

他们真是懒惰，懒惰得要命！

---

① 〔……产生不出……〕最初版、光华版作："……生不出……"。

他们的一天你真不知道是在做些甚么①。

他们一点也没有研究心，一点也没有计划；只是如象草里的秋虫一样，应时的叫叫，拖着悲哀的声音叫叫，这就是算尽了他们的天职。

他们还说：这是甚么烟士披里纯（Inspiration）咧②，甚么纯粹艺术咧，甚么创造的冲动咧，甚么主观的主观咧③，这真是叫人肉麻了。

他们都是些很舒散的很舒散的个人无政府主义者。他们只是想绝对的自由。他们一点也吃不得苦——稍微吃了一点苦，嗳呀，不得了！鼻脓鼻涕都流出来了。啊，我是受人虐待了！我是受人虐待了！我真孤独哟！我真悲哀哟！……便甚么都叫出来了。他们的奢侈欲望非常大，他们的自负心非常强④，然而又不努力，结果在这社会上只是成为了一个虚飘的纸人⑤。社会上的事情也就和他们分离了。

啊，象这样的"天才"怎么能够做得出伟大的作品出来呢？

---

① 〔他们的一天你真不知道是在做些甚么〕最初版、光华版作："他们的一天，你真不知道他们在做些甚么"。

② 〔这是甚么烟士披里纯（Inspiration）咧〕最初版、光华版作："这是甚么Inspiration咧"。

③ 〔甚么主观的主观咧〕最初版作："甚么主观主观主观咧"，光华版作："甚么主观主观咧"。

④ 〔他们的奢侈欲望非常大，他们的自负心非常强〕最初版、光华版作："他们的奢侈欲望非常之大，他们的自负心非常之强"。

⑤ 〔……成为了一个虚飘的纸人〕最初版、光华版作："……成了一个虚飘的纸人"。

中国的天才未免太多了！

我们应该改悔了吧！

我们应该下点苦工研究，再来综合地立体地创造出些甚么新的作品来吧。

譬如我们要表现"五卅"。我们即使不曾跳进那个漩涡之中①，我们可以去访问那时的当事的人，可以考核当时的文献，经过相当的缜密的研究，我相信我们一定可以生出一个伟大的直观②，激刺我们的创作欲。

又譬如我们要表现工人生活吧。这也是一样。我们索性可以去做工人，去体验那种生活。③

我们下一番苦工有计划地研究一下吧！即使作品写不成器，至少历史是写得成器的。有计划的历史叙述赛过你冒充天才的行状五百万倍④。

---

①　〔我们即使不曾跳进那个漩涡之中〕最初版、光华版作："我们即使没有跳在那个漩涡之中"。
②　〔我相信我们……〕最初版、光华版作："我可以相信我们……"。
③　〔又譬如我们要表现工人生活吧。这也是一样。我们索性可以去做工人，去体验那种生活。〕最初版、光华版作："又譬如我们要表现工人生活也是一样。我们索性可以去做工人，去体验那种生活。像 Upton–Sinclair 的 'King–Coal'一类的作品，那没有到炭坑里面去研究过是绝对写不出的呀"。
④　〔冒充天才〕最初版、光华版作："Pseudo 天才"，以下最初版、光华版"冒充"均作"Pseudo"。

# 五

我们最悲观的是中国没有继起的新的作家。

虽然有人说文坛被一些旧人占领了，但是新人不行实在也没有办法。

尽你说得天花乱坠，总要拿点实在的新货出来看看。

我们所得的新货怎么样？不要说创作力是异常的薄弱，就是文学上的技巧能够弄来无瑕疵的也就少见①。

冒充天才病已经在发生传染了。

一样的"悲哀，悲哀，悲哀；倦怠，倦怠，倦怠。"

病寮的呻吟布满了全中国！

春笋在地里储材，笔直地射出天界。

我们的青年中是不是也有人埋着头，努力地，拼命地，正在准备着做一篇惊心动魄的划时代的创作的呢？

是我们奢望太大，不是我们看得你们太小。

我希望你们不要小视了你们自己，但是也要真实的努一番力才行呀。

---

① 〔技巧〕最初版、光华版作："技术"。

文艺是生活战斗的表现，决不是不中用者、怠惰者的逋逃薮①。

天才是努力生活的结晶，也决不是不中用者、怠惰者的冒牌货呀！

我们的时间不待。

不要以为春天去了，永远会要再来！

# 六

你们以为我骂了你们吗？我以不美的文字来骂了你们吗？

那我没有办法，我也不和你们争辩。

不过即使是骂，我是有所为而骂。

我不是主张"为艺术而艺术"的艺术家，所以我也不是"为骂而骂"。

---

① 〔决不是不中用者、怠惰者的逋逃薮〕最初版、光华版作："决不是 Tau-genicbts 怠惰者的逋逃薮呀"。以下最初版、光华版中"不中用者"亦作"Taugenicbts"。

# 七

我们的文学家假如有无产阶级的精神，那我们的文坛一定会有进步。

单从生活的形态来说：

你看，那普罗列塔利亚（无产阶级产业工人）是如何艰苦①？他的生活是一刀是一刀，一枪是一枪的明火战争。他们是非常严肃；他们是不敢怠惰——除非是有计划的怠业；他们是日日站在生死关头与死神搏斗②；他们的生产力、爆发力，是以全生命、全灵魂为保障的。

文学家的态度有这样严肃吗？

# 八

小资产阶级的根性太浓厚了③，所以一般的文学家大多数是

---

① 〔那普罗列塔利亚（无产阶级产业工人）是如何艰苦〕最初版、光华版作："那普罗列塔利亚特是如何受苦"。

② 〔搏斗〕最初版、光华版作："奋斗"。

③ 〔小资产阶级的根性太浓厚了〕最初版、光华版作："小资产阶级的根性太浓重了"。

反革命派。

他们爱说：文学是为全人类的，文学是无阶级性的，文学是没有甚么革命不革命的。

当然！他们的"人类"原是把无产阶级的"牛马"除外了的；你们根本不承认无产阶级，当然是没有阶级——"牛马"那能和"人类"对立而成为阶级呢？你们根本是反对革命，当然是没有甚么革命不革命。

哼！"为全人类"！这样的大话我们暂且不要谈①，我们让一点价说一个"为大多数的人们"吧②；这样的时候你的立脚点怎么样？

我们的文艺是要为大多数的人们的时候，那我们就不能忽视产业工人和占人数最大多数的农民③；但这些又是你们的仇敌，你们还能说：文艺是无阶级性的吗？

老实说一句：你们的所谓"为全人类的文艺"，就是不革命甚至反革命的文艺，我们的为大多数人们的文艺就是革命的文艺④。不消说我们是低你们一级啦。

你们还是要反对吗？

---

① 〔大话〕最初版、光华版作："大语"。
② 〔人们〕最初版、光华版作："人类"。以下"人们"最初版、光华版均作"人类"。
③ 〔农民〕最初版、光华版作："农夫"。
④ 〔我们的为大多数人们的文艺就是革命的文艺〕最初版、光华版作："我们只为大多数的人类的就是革命的文艺"。

好，那你们最好是这样说：我们的不是文艺①。

一切都被你们占有了，一切都被你们垄断了，单纯的"文艺"这个名词我们倒不吝啬②，就让你们占领了去，就让你们垄断了去吧。

我们要加上我们的荣冠——和你们表示区别，就是：我们的文艺是"普罗列塔利亚的文艺"。

# 九

无产者的文艺也不必就是描写无产阶级。

因为无产阶级的生活，资产阶级的作家也可以描写。

资产阶级的描写，在无产阶级的文艺中也是不可缺乏的。

要紧的是看你站在那一个阶级说话。

我们的目的是要消灭布尔乔亚阶级，乃至消灭阶级的；这点便是普罗列塔利亚文艺的精神。

---

① 〔那你们最好是这样说：我们的不是文艺〕最初版、光华版作："那你们最好是说我们的不是文艺"。

② 〔……我们倒不吝啬〕最初版、光华版作："……我们倒不吝啬的"。

# 十

普罗列塔利亚中有反革命的工贼存在①。

从普罗列塔利亚出身的文士中也不能保无"文贼"②。

所以无产者所做的文艺不必便是普罗列塔利亚的文艺。

反之，不怕他昨天还是资产阶级，如果他今天受了无产者精神的洗礼，那他所做的作品也就是普罗列塔利亚的文艺。

——"在阶级快要决裂的时候……有一小部分的权力阶级竟脱离旧的关系，投入革命阶级——掌握将来的阶级。"从前有一部分贵族投向有产阶级，现在也有一部分有产阶级投向无产阶级。这是事实③。

1928 年 1 月 10 日④

---

① 〔普罗列塔利亚中有反革命的工贼存在〕最初版、光华版作："普罗列塔利亚特中有革命的工贼存在"。

② 〔普罗列塔利亚〕最初版、光华版作："普罗列塔利亚特"。

③ 〔这是事实〕最初版、光华版作："那一部分能够了解这种运动的有理想的资本家便是如此"。

④ 〔1928 年 1 月 10 日〕最初版、光华版作："10th, Jan. 1928"。

# 十一

——文艺的变易性和永远性：

这是一个很值得讨论的问题。

文艺随着时代变化，甚至于在时代前头跑，它的变易性的确是很大的。

但它也好象有一种不变的甚么东西存在。

譬如古代的作品到现代也还有有值得一谈的价值的①。

不错，这是一个事实。

不革命和反革命派里面，我们不能说没有美人。

但这美人于你有甚么益处呢？不惟没有益处，反而有害②。

文艺的创作有时是出于无意识的冲动而且有满足人爱美本能的一方面③，这是它对于社会的经济基础呈出不变易性——所谓永远性——的原因。

但纯粹代表这一方面的作品就是不革命乃至反革命的作品。

不革命的作品还勉强可以宽恕。

---

① 〔譬如古代的作品到现代也还有有值得一谈的价值的〕最初版作："譬如古代的作品到现代也还有一谈的价值的"，光华版作："譬如古代的作品到现代也还有有一谈的价值的"。

② 〔反而有害〕最初版、光华版作："而且反转有害"。

③ 〔……爱美本能的一方面〕最初版、光华版作："……爱美的本能的一方面"。

反革命的作品是断乎不能宽恕的。

——"现在我们假定在我们的面前有这样的作品，虽然是艺术的，天才的，然而于政治上是不能满足的作品：就譬如托尔斯泰或者达士多奕夫斯基一类的大作家在现在写了一篇在政治上与我们隔离的天才的小说①。这样的小说假如是反革命的，在我们的斗争的各种条件上，我们虽然很感觉着遗憾，然而不得不挥泪而杀此小说，这我们不消说是能够了解的。但是，假如这种反革命性并没有，只是在行文上有些不好的倾向，或者就譬如对于政治上的冷淡之类，那我们不消说是不能不许这样的小说存在的。"
（鲁那查尔斯基《文艺领域内的党的政策》）

这可以说是最公平的态度。但是不革命的作家们哟，你们不要欢喜，以为得了一个护符：须要晓得我们所能听其存在的不革命的作品，那是有限制的，那是要"艺术的，天才的作品"才行呀！你们要有托尔斯泰或者达士多奕夫斯基那样的天才，而且写的还要是"天才的小说"！

鸦片烟谁个不可以吸？吗啡谁个不可以注射？②

欧洲人最怕捉 Euphorie（迷魂幻景）这个字。③

假如你要吸，你要注射，只要你不怕受毒，不怕死！

---

① 〔就譬如托尔斯泰或者达士多奕夫斯基一类的大作家……〕最初版、光华版作："就譬如脱尔斯太或者达士多奕夫斯基一类的大家……"。以下最初版、光华版中的"托尔斯泰"均作"脱尔斯太"。

② 〔吗啡〕最初版、光华版作："Morphin"。

③ 〔Euphorie（迷魂幻景）〕最初版、光华版作："Euphorie"。

普罗列塔利亚的文艺是最健全的文艺。①

# 十二

最勇猛的斗士大概是最健全的。

文艺是阶级的勇猛斗士之一员②，而且是先锋。

它只有愤怒，没有感伤。

它只有叫喊，没有呻吟。

它只有冲锋前进，没有低徊。

它只有镰刀斧头③，没有绣花针。

它只有流血，没有流泪④。

…………

…………⑤

1928 年 1 月 18 日⑥

---

① 〔普罗列塔利亚〕最初版、光华版作："普罗列塔利亚特"。
② 〔文艺是阶级的勇猛斗士之一员〕最初版、光华版作："文艺是阶级的勇猛的
　　斗士之一员"。
③ 〔它只有镰刀斧头〕最初版、光华版作："它只有手榴弹"。
④ 〔没有流泪〕最初版作："没有眼泪"，光华版同。
⑤ 《沫若文集》版在此处加有注释："这儿发表偃伏两句，想不起来了。——沫
　　若注。"
⑥ 〔1928 年 1 月 18 日〕最初版、光华版作："18th, Jan. 1928"。

# 十三

感伤主义是一条歧路，它是可以左可以右的。它是知识分子（Intolligentsia）的动摇现象①。

所以一样的反对感伤主义，也有有产者和无产者的态度的不同。

有产者享乐之不暇，他们无所用其感伤，而且感伤主义者对于他们是一种暗暗的威胁：因为后者已经感觉着社会的动摇，这是有产者的致命伤。虽然只是蚁穴，但结局可以溃堤，所以他们要反对。

我们的反对是很明了的②。我们希望他从那半醒的迷梦中彻底的觉醒转来。我们希望他从那迟疑不决的态度里面斩钉截铁地表示一番。

永远站在歧路口子上是不可能的③；不是到左边来，便是到右边去！

---

① 〔知识分子〕最初版、光华版作："中间阶级"。
② 〔我们的反对是很明了的〕最初版、光华版作："我们的反对不消说是很明了的"。
③ 〔永远站在歧路口子上是不可能的〕最初版、光华版作："永远立在歧路口子上是没有用处的"。

# 十四

文坛上的斗争渐渐到了一个第二阶段了①。从前的斗争只是封建式的斗争，是以人或地理上的关系为背境。

目前的斗争是进了一步②，我们是以思想、行动及一切阶级的背境为背境。

拜金主义派的群小是我们当前的敌人。

# 十五

我们应该认清楚我们的敌人。

——"大众的同盟者虽然是一时的，动摇的，不安定的，而且是难于信赖的东西，但为确保其与无产者的联盟③，就是最小限度的可能性我们都要无条件的利用。"（《左派幼稚病》）④

这是伟大的战略，我觉得在文艺战上也可以应用。

---

① 〔……第二阶段了〕最初版、光华版作："……第二的阶段了"。
② 〔目前的斗争是进了一步〕最初版、光华版作："目前的斗争是更进了一步"。
③ 〔但为确保其与无产者的联盟〕最初版、光华版作："但为确保其与无产者团联盟"。
④ 〔《左派幼稚病》〕最初版、光华版作："'左翼小儿病'"。

我们应该组织一个反拜金主义的文艺家的大同盟。

# 十六

中国老早就在跳舞了。

桌子也在跳舞了。

朋友们，大家起来吧！跳舞！跳舞！跳舞！

1928 年 1 月 19 日①

---

① 〔1928 年 1 月 18 日〕最初版作："19th, Jan. 1928"，光华版作："一九二八，一，一九"。

# 留声机器的回音①

## ——文艺青年应取的态度的考察

### 一

"当一个留声机器——这是文艺青年们的最好的信条。"

我到现在还是相信，我这个提示是十分切当②。

"留声机器"不消说是一个比喻，这里所含的意义用在现在就是"辩证的唯物论"③。

留声机器所发的声音是从客观来的，客观上有这种声音，它

---

① 本篇最初发表于 1928 年 3 月 15 日上海《文化批判》第三期，署名麦克昂。

② 〔我这个提示是十分切当〕最初版："我这个警语是十分切适"，光华版作："我这个警语是十分切当"。

③ 〔"辩证的唯物论"〕最初版、光华版作："辩证法的唯物论"。以下"辩证的唯物论"最初版、光华版均作"辩证法的唯物论"。

和它接近了，便发出这种声音。有这种客观才有这种反映。

这种反映在人的方面便是意识，就是客观规定意识，不是意识规定客观。

我们现在处的是阶级单纯化、尖锐化的时代①，不是此就是彼，左右的中间没有中道存在。

中国现在的文艺青年呢？老实说，没有一个是出身无产阶级的②。文艺青年们的意识都是资产阶级的意识。这种意识是甚么？就是唯心的偏重主观的个人主义。

不把这种意识形态克服了，中国的文艺青年们是走不到革命文艺这条道路上来的③。

所以我说："你们不要乱吹你们的破喇叭（有产者的意识），暂时当一个留声机器吧！"

但这儿含有必经的战斗过程④!

一 他先要接近工农群众去获得无产阶级的精神；

二 他要克服自己旧有的资产阶级的意识形态；

三 他要把新得的意识形态在实际上表示出来，并且再生产地增长巩固这新得的意识形态。

---

① 〔尖锐化的时代〕最初版、光华版作："尖锐化了的时候"。
② 〔没有一个是出身无产阶级的〕最初版："没有一个是出身于无产阶级的"，光华版作："没有一个出身是无产阶级的"。
③ 〔……这条道路上来的〕最初版、光华版作："……这条路上来的"。
④ 〔但这儿含有必经的战斗过程〕最初版、光华版作："但这儿含有必经的战斗的过程"。

这种种过程刚好象留声机器的摄音、发音的过程一样，所以我借来做了比喻①。

文艺青年们应该做一个留声机器——就是说，应该克服自己旧有的个人主义，而来参加集体的社会运动。

这儿有一个辩证的唯物论是文艺青年们应该获得的——换句话说，就是要叫他们当一个留声机器！！！

## 二

自己的一句话发生出自己来注释的必要，这是因为李初梨同志在《怎样地建设革命文学》上关说了我几句。②

我现在老实不客气把初梨同志的关说抄录在下面：——

"……我要对于《创造月刊》上麦克昂君所作的《英雄树》关说几句。自郭沫若氏发表了《革命与文学》以来，中国文坛上关于革命文学的议论也颇有所见，不过他们都象嘴巴里含得有甚么东西一样，半吞不吐，总哼不出一个所以然。麦君这篇文章在我们革命文学进展的途上可算一篇划期的议论。不过它中间有一

---

① 〔比喻〕最初版、光华版作："警语"。
② 〔李初梨同志〕最初版、光华版作："李初梨君"。以下"李初梨同志""初梨同志""初梨"最初版、光华版均作"李初梨君""初梨君"。本句最后最初版有"（参照本志第二号）"字样，光华版无此字样。

段我以为是不十分妥当的地方。或者麦君有一片苦心想为中国的文艺青年留一条生路。但我觉得这反害了他们，而且对于革命文学的将来恐怕会发生不好的影响。他说：

"'当一个留声机器——这是文艺青年们的最好的信条。

"'你们不要以为这是太容易了，这儿有几个必要的条件：

"'第一，要你接近那种声音；

"'第二，要你无我，

"'第三，要你能活动。

"'.........................,'"

我以为"当一个留声机器"是文艺青年最宜切戒的态度，因为无论你如何接近那种声音，你终归不是那种声音。

我现在把这段文章删改如下，商之麦君以为如何；

"不当一个留声机器——这是文艺青年们最好的信条。

"你们不要以为这是太容易了，这儿有几个必要的条件：

"第一，要你发出那种声音（获得无产阶级意识）；

"第二，要你无我（克服自己的有产者或小有产者意识）；

"第三，要你能活动（把理论与实践统一起来）。"

三

这儿所说的那种声音是那大地最深处的雷鸣"Gonnon－Baudon"（工农—暴动）①。

这是中国革命的现阶段。

四

从整个来说，初梨同志的《怎样地建设革命文学》这篇文章真可以算是：

"在我们革命文学进展的途上一篇划期的议论"。

我这并不是要互相标榜，我老实不客气的说：我们的思想是完全一致的。

从我们的表示上来说：我们同一是辩证的唯物论者，我们同一是以辩证唯物论来检讨今后革命文学的路径②。

更从我们的生活上说来：我们同一是小有产阶级的分子，克服了旧社会的观念形态，而战取了辩证唯物论。

我所晓得的两三年前的初梨不是一个颇带颓废色彩的诗人③？

我自己在几年前更几几乎是一个纯粹的冬烘头脑。

---

① 〔（工农—暴动）〕最初版、光华版无此字样。
② 〔我们同一是以辩证唯物论来检讨今后革命文学的路径〕最初版、光华版作："我们同一是以辩证法的唯物论来检讨今后我们革命文学的路径"。
③ 〔……颇带颓废色彩的诗人吗〕最初版、光华版作："……颇带有颓废色彩的诗人吗"。

我们同样的从小有产者意识的茧壳中蜕化了出来，在反动派的无耻的中伤者或许会说我们是投机，但这是我们光荣的奋斗过程，我们光荣的发展。

不夸张的说一句话，就是；

我们当了留声机器了！！！

## 五

"当留声机器"并不是甚么耻辱的事情。客观有甚么存在，我们发出甚么声音。

这是我们求真理的态度。

真理是主观的判断，但是是主观的内容和客观的现实完全一致了的一种判断。

留声机器是真理的象征。

当一个留声机器便是追求真理。

在有产者或者小有产者的我们的敌人，他们或者会骂我们是Marx－Engels（马克思、恩格斯）的留声机器吧①？这个我是乐于承受的，凡是一个辩证的唯物论者都应该是乐于承受的。不过我们始终忘不了的就是要在这个比喻中加添一个发展的意义。我

--------

① 〔Marx－Engels（马克思、恩格斯）〕最初版、光华版作："Marx－engels"。

们当 Marx、Engels 的留声机器，并不是完全如字义上的要摄取他们的声音，是要摄取他们的精神，以他们的精神为精神而向前发展。

Marx – Engels 的精神是甚么？

他们就是当过了留声机器。

他们在年青的时候都是"少年黑格尔"派的国家主义者，是唯心论的学徒①。Marx 在主持"Rheinische Zeitung"（《莱茵时报》)② 笔政的时候做过反对共产主义的文章。他说这种思想传染到民间我们还可以用屠杀的手段了之，但一传染到我们的精神上来③，便成为精神的锁链，我们非把自己消灭是无法炮制的。——这等于在说：凡是共产主义的信徒不遭屠杀④，便应该自杀的一样。那时候，你看，他的小有产者的意识发展到了甚么程度！

他们在初都是和几年前的我们一样。

但到后来他们被驱逐到法兰西，被驱逐到英国。他们和法国的革命思想和革命思想家接触了，和英国的产业工人的生活接触了，也从事了实际工作⑤，他们才克服了自己的有产者意识，而

①〔是唯心论的学徒〕最初版、光华版作："他们是唯心论的信徒"。
②〔（《莱茵时报》)〕最初版、光华版无此字样。
③〔但一传染到我们的精神上来〕最初版、光华版作："但一传染到我们精神上来"。
④〔共产主义〕最初版、光华版作："Kommunismus"。
⑤〔也从事了实际工作〕最初版、光华版作："也从事了些实际工作"。

战取了革命的辩证唯物论。

他们的思想并不是他们的精神创造出来的，只是很切当地把现实的种种真实的关系反映了出来①。更肤浅地说，他们的一贯的各种学说，也大都是以前或者当时的各家学说的辩证的统一和发展②。

所以浅见的无政府主义者流惯爱骂他们是剽窃者——这真是道破了他们求真理的态度。

我们就是要继续他们的这种态度而向前发展③。

# 六

从整个说来④，初梨和我在思想上完全是一致的；就是前面所引的关于我的几句说话在精神上也可以说没有甚么龃龉。

不过我们在当不当一个留声机器的这个判断上，我们的概念各有不同。

初梨的"不当一个留声机器"，从他全文的意义上看来，我是可以了解的。就是他反对以表现或者描写革命事实为革命文学

---

① 〔切当〕最初版作："切适"，光华版同。
② 〔……辩证的统一和发展〕最初版、光华版："……辩证法的统一和发展"。
③ 〔……他们的这种态度……〕最初版、光华版作："……他们这种态度……"。
④ 〔从整个说来〕最初版、光华版作："从整个的来说"。

的，所以他以为"当一个留声机器是文艺青年最宜切戒的态度"（他的解释是把留声机器当成了客观描写）。

他说："文学与其说它是自我的表现，毋宁说它是生活意志的要求。"

所以他的"不当一个留声机器"正是要把文学当成生活意志的要求诉诸实践。

但是我的"当一个留声机器"也正是要人不要去表现自我。

他是说的积极一方面，我是消极一方面的说教。

他说："文学与其说它是社会生活的表现，毋宁说它是反映阶级的实践的意欲。"

所以他的"不当一个留声机器"正是不要去表现（客观的描写）社会生活。

但是我的"当一个留声机器"也正是"反映阶级的实践的意欲"。

我是说的积极的一方面，他是消极一方面的说教。

我们只是在用语的概念上稍有不同。

# 七

本来譬语的含义是容易发生两面性的，这正是容易引人误会的地方。初梨是把我误会了。但是初梨假使更恳切地把我的《英雄树》多看两遍，他或许不会生出这样的误会吧①。

"当一个留声机器"这个信条绝对不会"害了"文艺青年们，对于革命文学的将来也绝对不会"发生不好的影响"②。

中国文艺青年们的思想是些甚么？

语丝派的"趣味文学"是资产阶级的护符，初梨已经把它解剖得血淋漓地，把它的心肝五脏都评检出来了。

但是语丝派的不革命的文学家，我相信他们是不自觉，或者有一部分是觉悟而未彻底。照他们在实践上的表示看来倒还没有甚么积极的反革命的行动。

我现在且举一派积极的有意识的反革命派的革命文学观来检点一下吧。

研究系的文学小丑徐志摩——他和他第 X 次的爱人听说在上海串演过一次"小放牛"，不消说他演的是小丑——在他和某女士合译的小说《玛丽玛丽》上，他明目张胆地说：

"现代是感情作用生铁门笃儿主义打倒一切的时代，为要逢迎贫民主义（？）劳民主义（？）起见，谁敢不呐喊一声'到民间去'。写书的人伏在书台上冥想穷人饿人破人（？）败人（？）

---

① 〔……多看两遍，他或许不会生出这样的误会吧〕最初版、光华版作："……多看一遍，他或者不会生这样的误会吧"。

② 〔……不会"发生不好的影响"〕最初版、光华版作："……不会'发生不好的影响'呢"。

的生活，虽则他们的想象（应该作'想象力'，不然不通——郭注）① 正许穷得连穷都不能想象，他们恨不能拿缝穷婆（?）的脏布来替代纸，拿眼泪与唾沫来替代字，如此更可以直接的表示他们对时代的精神的同情。"②

你看他，这是多么可怜的一种王婆骂街或者小丑式的表白③！

对于一种敌对的对象他没有能力去把握它，也没有能力根本地去克服它，只是放开喉嗓破口大骂④。这是他们"诗人的灵性的晶球"的反射呀！你看到他这个"灵性晶球"的丑态了么？甚么叫"贫民主义"、"劳民主义"、"破人"、"败人"、"缝穷婆"？一塌糊涂，结果这是一片"脏布"⑤ ——比"脏布"也还要不如吧！

中国的文艺青年一多半是这样。他们惯会发挥他们的比"脏布"还要不如的"灵性晶球"，弄得一个"天花乱坠"——"天花"者自然发生的痘疮也。你还要叫他"不要当一个留声机器"吗？

他就是不愿意"当一个留声机器"了。他有他的"灵性晶球"——尊贵的自我——要表现，甚么"穷人、饿人、破人、败

---

① 〔应该作'想象力'，不然不通——郭注〕最初版作："应该作'想象力'，不然不通——麦注"，光华版同。

② 〔时代的精神〕最初版作："时代精神"，光华版同。

③ 〔……小丑式的表白〕最初版、光华版作："……小丑式的表白哟"。

④ 〔破口大骂〕最初版、光华版作："破口的大骂"。

⑤ 〔结果这是一片"脏布"〕最初版作："结果只是一片'脏布'"，光华版同。

人的生活"值得他去"想象"呢？

他自己会唱小丑，那里会来"当个留声机器"①！

象徐志摩这类有意识的反革命派——不仅在文学上是反革命，他所有一切的思想行动都是反革命，我没有工夫来罗列——我本用不着向他说教，不过还有些不自觉的文艺青年公然四脚四肘地在替他捧场，说他是"一手奠定中国文坛的健将"；你看这位小丑多么神气！这些捧脚的青年是多么可悯呢！

反对过共产主义的马克思居然成为辩证唯物论的始祖②，这些不自觉的青年我相信他们总不会永远不自觉吧。我也希望他们不要永远这样。

辩证唯物论这种思想只愁青年们不肯接近，或者不能接近，只要他们接近了，那便要同一切的金属遇着水银一样，立地要成为 Amalgan（汞合金）③，立地要互相锻合。

我们值得来宣传，值得来向他们说教的也就在这一点呀！所以我要叫他们：

"当一个留声机器！"

这是对于他们没有"害"的——或许有生命的危险④，——

---

① 〔当个留声机器〕最初版作："当留声机器"，光华版同。
② 〔反对过共产主义的马克思居然成为辩证唯物论的始祖〕最初版、光华版作："反对过共产主义的 Marx 居然成为辩证法的唯物论的始祖"。
③ 〔（汞合金）〕最初版、光华版无此字样。
④ 〔或许有生命的危险〕最初版、光华版作："或许有生命的危险这是我不敢保的"。

对于革命文学的将来也绝对不会有甚么"不好的影响"呀。

# 八

假使要主张"不当一个留声机器",这反转有危险,反转有不好的影响。

中国人是惯会断章取义或者望文生训的①。结果是:——

不当一个留声机器,

那必要条件是:

第一,要自己发出声音;

第二,要发现自我;

第三,要你能潜静。

这在思想的线索上是必然,在文字的技巧上也是必然。

不信就把我前几年的几句话引来看看吧。我在一九二三年三月做的《批评与梦》里有这样的几句话②:

我只想当个饥则啼、寒则号的赤子。因为赤子的简单的一啼一号都是他自己的心声,不是如象留声机一样在替别人传高调。

---

① 〔望文生训〕最初版、光华版作:"望文生义"。
② 〔不信就把我前几年的几句话引来看看吧。我在一九二三年三月做的《批评与梦》里有这样的几句话〕最初版作:"不信我就把前几年郭沫若的几句话引来看看吧。他在1923年三月做的'批评与梦'里有这样的几句话",光华版同。

——《文艺论集》①

你看这是多么十足的一个小有产者意识的表白②！他们这些小有产者就是不愿意当留声机器了③，你还要叫他们"不当留声机器"吗？

但我自己是已经忏悔了④。

我从前是尊重个性、景仰自由的人，但在最近的一两年之内与水平线下的悲惨社会略略有所接触，觉得在大多数人完全不自主地失掉了自由，失掉了个性的时代，有少数的人要来主张个性，主张自由，总不免有几分僭妄。

……………………

在大多数的人未得发展其个性，未得生活于自由之时，少数先觉者无宁牺牲自己的个性，牺牲自己的自由，以为大众人请命，以争回大众人的个性与自由！

……………………

这儿是新思想的出发点，这儿是新文艺的生命。

——《文艺论集序》1925 年 6 月⑤

---

① 〔《文艺论集》〕最初版、光华版作："文艺论集182页"。
② 〔……表白〕最初版、光华版作："……表白哟"。
③ 〔……不愿意当留声机器了〕最初版、光华版作："……不愿意当个留声机器了"。
④ 〔但我自己是已经忏悔了〕最初版作："但他自己是已经忏悔了"，光华版同。
⑤ 〔《文艺论集序》1925 年 6 月〕最初版、光华版作："文艺论集序，1925 年 XI 月"。

这是一个小有产者方向转换的过程：

第一，他是接触了悲惨社会，获得了宁牺牲自己的个性与自由为大众人请命的新观念；

第二，他克服了小有产者的意识，觉得在资本制度之下尊重个性、景仰自由的思想是僭妄；

第三，他获得了新的观念，便向新思想、新文艺的实践方面出发去了。

他这个转换的过程就是：

从"不当一个留声机器"转换到"当一个留声机器"！！！

# 九

"不当一个留声机器"——这在有产者或小有产者意识十足或者尚未完全 Aufheben（扬弃）的人是十分中听的一个标语①。

天上地下唯我独尊，谁个去管那"穷人、饿人、破人、败人"的悲诉呢！……

我要说我自己的话，——我是超乎一切的，——那有甚么穷富的界限？——那有甚么革命不革命的分别？——说革命文学的都是投机分子，对于贫苦民众的逢迎！

---

① 〔Aufheben（扬弃）〕最初版、光华版作："aufheben（蜕变）"。

……我们只要美，只要美，第三个只要美。……

这是"不当留声机器"的时候可以发出来的声音。这是多么危险呢！

不消说初梨的用语原来不是这样的解释，但在我们惯会寻章摘句、望文生训的中国人①，的确是容易发生误解的②。

不错，"在现在的文坛只有创造社能够自己批判"，所以我也不惮烦地来自己批判一次③。

"大地的最深处有极猛烈的雷鸣。

"那是——Gonnon——Gonnon——Gonnon

　　　——Baudon——Baudon——Baudon。"

青年们，你们应该还是去接近那种声音，你们谦谦恭恭的去接近，不要把自我的意识太强调了，你们自然会获得那种声音而发出那种声音。

更具体的说：青年们，中国的文艺青年们！你们都是大小资产阶级的少爷公子④，你们不想觉悟则已，你们如想觉悟，那吗你们请去多多接近些社会思想和工农群众的生活。那你们总会发

---

① 〔寻章摘句、望文生训〕最初版、光华版作："寻章析句望文生义"。
② 〔的确是容易发生误解的〕最初版作："的确是最容易生误解的"，光华版作："的确是容易生误解的"。
③ 〔所以我也不惮烦地来自己批判一次〕最初版、光华版作："所以我也不惮烦来自己批判一次"。
④ 〔你们都是大小资产阶级的少爷公子〕最初版、光华版作："你们都是大中小资产阶级的少爷公子"。

现出你们以往的思想的错误，你们会翻然豹变，而获得一个新的
宇宙观和人生观，成为未来社会的斗士。

我最后再来高呼一声：

"不要乱吹你们的破喇叭！（克服你们快要被扬弃的资产阶级
意识！）① 当一个留声机器吧！（战取辩证的唯物论！）"

1928 年 2 月 20 日②

---

① 〔克服你们快要被扬弃的资产阶级意识〕最初版、光华版作："克服你们快要
被蜕变的布尔乔亚意德沃罗基"。
② 〔1928 年 2 月 20 日〕最初版作："20. Feb. 1928. Nirgen wo"，光华版作：
"一九二八，二，二□"。

# 我们的文化①

世界是我们的，未来的世界文化是我们的②。

我们是世界的创造者，是世界文化的创造者，而未来世界，未来世界的文化已经在创造的途中③。

创造的前驱是破坏，否，破坏就是创造工程的一部分④。

鸡雏是鸡卵的破坏者，种芽是种核的破坏者，胎儿是母胎的破坏者，我们是目前的吃人世界的破坏者⑤。

目前吃人的世界，吃人的文化，是促进我们努力破坏的动

---

① 本篇最初发表于 1930 年 2 月上海《拓荒者》第二期。
② 〔未来的世界文化是我们的〕最初版、光华版作："未来的世界的文化是我们的"。
③ 〔而未来世界，未来世界的文化已经在创造的途中〕最初版、光华版作："而且这个世界，这个文化已经在创造的途中"。
④ 〔破坏就是创造工程的一部分〕最初版、光华版作："破坏就是创造工程的一部"。
⑤ 〔吃人世界〕最初版、光华版作："食人世界"。

机，也是促进我们努力创造的对象①。

旧的不毁灭，新的不会出来，颓废的茅屋之上不能够重建出摩天大厦②。

以吃人的世界、吃人的文化为对象而从事毁灭，这当然是有危险的事，惟其有危险③，所以我们的工程正一刻也不能容缓。

世界已经被毒蛇猛兽盘踞，当然的处置是冒犯一切危险与损失，火烧山林。

世界已经有猛烈的鼠疫蔓延，我们只有拼命的投鼠，那里还能够忌器？

和毒蛇猛兽搏斗的人多死于毒蛇猛兽，和鼠疫搏斗的人也多为鼠疫所侵害，这正是目前社会所不能掩饰的不合理的悲剧④；

---

① 〔是促进我们努力破坏的动机，也是促进我们努力创造的对象〕最初版、光华版作："是促进我们努力创造的动机，也是促进我们努力破坏的对象"。

② 〔旧的不毁灭，新的不会出来，颓废的茅屋之上不能够重建出摩天大厦〕最初版、光华版作："旧的不毁破，新的不会来，破颓了的茅屋之上不能够重建出几层摩天的大厦"。

③ 〔这当然是有危险的事，惟其有危险〕最初版、光华版作："这当然是危险的事情，惟其危险"。

④ 〔和毒蛇猛兽搏斗的人多死于毒蛇猛兽，和鼠疫搏斗的人也多为鼠疫所侵害，这正是目前社会所不能掩饰的不合理的悲剧〕最初版、光华版作："和毒蛇猛兽奋斗的人多死于毒蛇猛兽，和鼠疫奋斗的人反多为鼠疫所吞灭，这正是目前的社会所不能掩饰的不合理的悲剧"。

然而这儿也正是我们的世界，我们的文化的精神中枢①。

我们的精神是献身的。

我们的世界是我们的头颅所砌成，我们的文化是我们的鲜血的结晶②。

长江是流徙着的，流过巫山了，流过武汉了，流过江南了，它在长途的开拓中接受了一身的鲜血③，但终竟冲决到了自由的海洋。

这是人类进化的一个象征，这是人类进化的一个理想。

人类是进化着的，人类的历史是流徙着的。

人类的整个历史是一部战斗的历史，整个是一部流血的历史④。

但是历史的潮流已经快流到它的海洋时期了。⑤

全世界的江河都在向着海洋流。任你怎样想高筑你的堤防，

---

① 〔我们的文化的精神中枢〕最初版、光华版作："我们的文化的中枢的精神"。

② 〔我们的世界是我们的头颅所砌成，我们的文化是我们的鲜血的结晶〕最初版、光华版作："我们的世界是用我们的头颅所砌成，我们的文化便是我们的鲜血的结晶"。

③ 〔它在长途的开拓中接受了一身的鲜血〕最初版、光华版作："它在长途的开拓中染就了一身的鲜血"。

④ 〔人类的整个历史是一部战斗的历史，整个是一部流血的历史〕最初版、光华版作："人类的历史整个是一个战斗的历史，整个是一个流血的历史"。

⑤ 〔……海洋时期了〕最初版同，光华版作："……海洋时期间了"。

任你怎样想深浚你的陂泽；你不许它直撞，它便要横冲；你不许它横冲，它便要直撞①。

你纵能够使它一时停滞乃至倒流片时，然而你终不能使它永远倒流向山上。

在停滞倒流的一时片刻中，外观上好象是你的成功，然而你要知道在那个时期以后的更猛烈、更不容情的一个冲决。

谁能够把目前的人类退回得到猩猩以前的时代②？

谁能够把秦始皇帝的威力一直维系到二十世纪的今天？

河水是流徙着的，我们要铲平阻碍着它的进行的崖障，促进它的奔流。

历史是流徙着的，我们开拓历史的精神也就是这样。

中国的历史已经流了三千年了，它已经老早便流到世界文化的海边。

然而不幸的是就在这个海边，就在这个很长的海岸线上，沿海都是绵亘着的险峻的山崖。

中国的历史是停顿着了，倒流着了，然而我们知道它具有不

---

① 〔你不许它横冲，它便要直撞〕最初版、光华版作："你不许它横冲便要直撞"。

② 〔谁能够……〕最初版、光华版作："谁个能够……"。下句"谁能够"最初版、光华版亦作"谁个能够"。

可限量的无限大的潜能①。

　　我们的工程就在凿通这个山崖的阻障。由内部来凿通，由外部来凿通，总要使中国的历史要如象黄海一样，及早突破鸿蒙。


　　有人说我们也在动，我们也要冲，但我们是睁开眼睛的，不能象你们那样"盲目"的横冲；我们要等待"客观条件的成熟"。

　　"我们的慰安是尺寸的进步②，是闪烁的微光。"

　　好的，真正是你的慰安呀，别人为你准备好的客观条件已经快要成熟了。

　　为你这对可爱的三寸金莲已经准备下三千丈长的裹脚布③，让你再去裹小一些，好再走得袅娜一点。

　　为你这个标致的萤火虫儿已经准备好了一个金丝笼子，让你在那儿去慰安，让你也在那儿去进步，让你尾子上的一点微光在那儿去闪烁。

　　哼，真是不盲目的腐草里面生出的可怜虫！

----

① 〔然而我们知道它具有不可限量的无限大的潜能〕最初版、光华版作："然而我们知道它那不可限量的无限大的潜能"。
② 〔尺寸的进步〕最初版、光华版作："尺寸进步"。
③ 〔三千丈长的裹脚布〕最初版、光华版作："千尺长的裹巾"。

宇宙的运行明明白白是摆在眼面前的，只有盲目的人才说它是"大谜"。

宇宙的内部整个是一个不息的斗争，而斗争的轨迹便是进化。

我们的生活便是本着宇宙的运行而促进人类的进化。

所以我们的光热是烈火，是火山，是太阳；我们的进行是奔湍，是弹丸，是惊雷，是流电。

在飞机已经发明了的时候，由上海去到巴黎有人叫你要安步以当车，一寸一尺的慢慢走去。

在电灯已经发明了的时候，在这样个暴风狂雨的漫漫长夜，有人叫你要如象艾斯基摩（Eskimo）人一样死守着一个鱼油灯盏①，要用双手去掩护着它，不要让它熄灭。

这种人是文化的叛逆者，是自然法则的叛逆者，同时也就是我们当前的敌人。

所以我们的口号是：世界是我们的。

我们要凿通一条运河，使历史的潮流赶快冲到海洋。

我们已经落后得很厉害了②，我们要驾起飞机追赶。

我们要高举起我们的火把烧毁这目前被毒蛇猛兽盘踞着的

---

① 〔艾斯基摩（Eskimo）人〕最初版、光华版作："Eskimo 人"。
② 〔我们已经落后得很厉害了〕最初版、光华版作："我们已经落后得很厉害了的进行"。

山林。

　　担负着创造世界的未来的人们，我们大家团结起来。

　　我们同声的高呼：我们要创造一个世界的文化，我们要创一个文化的世界！①

---

　　①　最初版在篇末处有一个注释，光华版及日后各个版本均删除，现录于下方：
　　　　（注）本文所征引的"盲目"与"大谜"诸说系采自中华文化合作社的一位匿名作者的小册子"我们的思想系统及主张根据"。我们看这位作者的"思想"其实并没有"系统"，"主张"也并没有"根据"，不过在反动正动的两种力量中主张第三种的不动而已。

# 文学革命之回顾①

一

　　中国近年来的文学革命，一般人的认识以为是由文言文改变为白话文，有的更兢兢于在那儿做《白话文学史》②，其实这是最肤浅、最皮相的俗见。白话文不始于近代，更切实的说，则凡各国文字的起源——即是最古最奥的"死文学"——本来都是白话，都是当时的白话。所以白话文的抬头不足为文学革命的表示；历来用白话所写的文字，如宋儒的语录、元明的词曲、明清的小说，也不是我们现代的文学。

---

①　本篇最初收入 1930 年上海神舟出版社《文艺讲座》第一册，署名麦克昂。
②　《沫若文集》版在此处加有注释："指胡适的《白话文学史》。——沫若注"

　　我们眼目中的所谓文学革命，是中国社会由封建制度改变为近代资本制度的一种表征。社会的经济制度是一切社会组织及一切观念体系的基础。基础一动摇，则基础上面的各种建筑便随之而崩溃。中国自秦汉以来，物质的生产力固定在封建制度之下，已经二千多年。二千多年的社会组织，虽然屡屡在改朝换代，然而所谓天经地义的纲常伦教，依然象一条两栖动物的脊骨。蝌蚪变成了青蛙，尾子虽然断了，实际上并没有甚么区分。二十多年来的旧文学要亦不过如是，尽管花样繁多，说来说去不多是一套伦常的把戏？所以至猥亵的小说结果总是福善祸淫，至叛逆的传奇结果总是封侯挂印。再则成神成仙，成僧成佛，在表面上好象超脱了实世间的权势，然其骨子实也不外在保持封建社会的和平，使实世间的支配阶级固定。

　　固定了二千多年的封建社会，一接受着外来的资本主义的袭击便天翻地覆了起来。大多数人的身上已经是机械生产的洋货，不再是毛蓝布大衫，所有大部分的手工业都已破产。新的产业虽然不多在中国人的手中，然而沿海都市以及交通便利的内地的都市，大都为外来的资本主义所被化。社会上的生产关系不再是从前的师傅与徒弟，而是近代的股东与工人。学校里的"人之初性本善"，变成了"甚么是那个？那个是一只狗"。诗书易礼的圣经贤传变成了声光电化的自然科学。举人进士的老爷夫子变成了硕士博士的教授先生。二三千年来的帝政、二三百年来的清朝统制①，摇身一变而成为五族共和，原始的黄色大龙旗一变而为五条颜色的近代化欧美式的幌子②。社会上起了这样一个天变地异，文学上你要叫它不变，它却怎能不变呢？

古人说"文以载道"，在文学革命的当时虽曾尽力的加以抨击，其实这个公式倒是一点也不错的。道就是时代的社会意识。在封建时代的社会意识是纲常伦教，所以那时的文所载的道便是忠孝节义的讴歌。近世资本制度时代的社会意识是尊重天赋人权，鼓励自由竞争，所以这时候的文便不能不来载这个自由平等的新道。这个道和封建社会的道根本是对立的，所以在这儿便不能不来一个划时期的文艺上的革命。

这就是文学革命的意义③，所以它的意义是封建社会改变为资本制度一个表征④。白话文的要求只是这种表征中所伴随着一个因子，它是第二义的。因为有了这样的一种革命过程，便需要一种更自由的文体来表现⑤，它的表里要求其适合，所以第一义

---

① 〔二三百年来的清朝统制〕最初版、光华版作："二三百年来的满人统制"。
② 〔近代化欧美式的幌子〕最初版作："近代欧美式的幌子"，光华版作："近代的欧美式的幌子"。
③ 〔这就是文学革命的意义〕最初版作："这就是文学革命的真意义"，光华版同。
④ 〔……改变为资本制度一个表征〕最初版作："……改变为资本制度的一个表征"，光华版同。
⑤ 〔便需要一种更自由的文体来表现〕最初版作："便需要一种更平民更自由的文体来表现"，光华版同。

是意识的革命，第二义才是形式的革命。有了意识的革命，就用文言文来写那种革命的意识，不失为时代的文学，譬如严几道用周秦诸子的文体来翻译斯宾塞的《群学肄言》、赫胥黎的《天演论》、亚丹斯密的《原富》，我们可以说那不是近代资本制下的产品吗？林琴南用左孟庄骚的笔调来翻译多数英美的近代小说，我们可以把那些译品杂厕在宋元人的小说里面吗？反之，如基督教的《新旧约全书》大多是用白话翻译的，而且还有苏白、甬白、闽白、粤白……，白到白无可白，然而我们能够把它们认为代表文学革命的文学吗？所以文言文不必便是不革命或反革命，白话文不必便是革命。文言自身是有进化的，白话自身也是有进化的。我们现在所通行的文体①，自然有异于历来的文言，而严格的说时②，也不是历来所用的白话。封建时代的白话是不适宜于我们的使用的，已成的白话大多是封建时代的孑遗。时代不断的在创造它的文言，时代也不断的在创造它的白话，而两者也不断的在融洽，文学家便是促进这种文化③、促进这种融洽的触媒。所以要认识文学革命的人第一须打破白话文与文言文的观念。兢兢于固执着文言文的人固是无聊，兢兢于固执着所谓白话文的人也是同样的浅薄。时代把这两种人同抛撇在了潮流的两岸。

---

① 〔我们现在所通行的文体〕最初版、光华版作："我们现在所表示的文字"。

② 〔而严格的说时〕最初版作："然而严格的说时"，光华版作："虽然严格的说时"。

③ 〔文学家便是促进这种文化〕最初版作："文学家便是促进这种创化"，光华版同。

# 二

文学革命是资产阶级革命的一种表征，所以这个革命的滥觞应该要追溯到清朝末年资产阶级的意识觉醒的时候①。这个滥觞时期的代表，我们当推数梁任公。梁任公本是一位文化批评家，他在文学上虽然没多少建树，然而近代资产阶级的意识，他是把捉着的。他的许多很奔放的文字，很奔放的诗作，虽然未摆脱旧时的格调，然已不尽是旧时的文言。在他所受的时代的限制和社会的条件之下，他是充分地发挥了他的个性②，他的自由的。其他如严几道、林琴南、章行严诸人都是这个时期的人物。林与章在几年前反对白话文的运动非常剧烈，其实他们自己在文言文的皮毛之下，不识不知之间已经在做离经叛道的勾当。譬如普通所称为最反动的章行严，你在他的文字中可以找出一句孔大圣人所极端表彰的"忠君"的字样来吗？他虽然要极端的恭维段执政，他似乎还不曾表示过要拥护宣统小儿皇帝，如象《宣统皇帝与胡

---

① 〔清朝〕最初版、光华版作："满清"。以下"清朝"，最初版、光华版均作："满清"。
② 〔他是充分地发挥了他的个性〕最初版、光华版作："他是充分地发挥尽了他的个性"。

适之》① 的那种受宠若惊的臭文字，他似乎还不曾做过。他在二十年前所做的《初等文典》（后改名为《中等文典》），其简洁精当之处远在《马氏文通》之上，在当时要算是充分的表现了近代的精神②。他的文章要讲文法，要讲逻辑（"逻辑"一语似乎便是出于他的翻译）③，虽是文言，然已决不是从前的文言。这个时代性我们是不能抹杀的④。所以在阶级的立场上看来，胡适之无殊于章行严，章行严亦无殊于梁任公，虽然他们的花样不同，党派稍稍也有点差别，然而他们同一是资产阶级的代言人！他们有时候也在互相倾轧抨击，那是他们的内部矛盾，特别是封建思想的沾染还没有清算干净⑤。

大抵在滥觞时期中，近代文学的面影还是一个潜流，还没有十分表现出沙面。那个时期中的人每每视文学为余技，无暇顾及，也不愿意顾及⑥，不过他们东鳞西爪的也有一些表现（这一方面的资料让有心编纂一部公平的近代文学史的人去搜集）。在

---

① 《沫若文集》版在此处加有注释："这是当年胡适的一篇文章。因为溥仪还住在故宫时召见过一次胡适，胡适便扬扬得意地做出这篇文章，说溥仪称他为'先生'，他称溥仪为'皇帝'。——沫若注"

② 〔近代的精神〕最初版作："近代精神"，光华版同。

③ 〔"逻辑"一语似乎便是出于他的翻译〕最初版、光华版作："'逻辑'一语便是出于他的翻译"。

④ 〔这个时代性我们是不能抹杀的〕最初版、光华版作："这个时代性我们是绝对不能抹杀的"。

⑤ 〔那是他们的内部矛盾，特别是封建思想的沾染还没有清算干净〕最初版、光华版作："那是他们的封建思想的沾染还没有清算干净"。

⑥ 〔也不愿意顾及〕最初版作："也多不愿意顾及"，光华版同。

这个时期之内也有些用白话写出来的小说，如《官场现形记》，如《孽海花》，如《老残游记》，在文学上虽不必有多少价值，然在时代性上，在历史上，则优有它们的位置。它们在对于封建社会的暴露上，在对于近代社会的待望上，那与封建社会中所产出的《水浒传》、《西游记》、《红楼梦》、《镜花缘》、《儒林外史》等迥然不同。近来嗜谈白话文学的人对于封建时代的几部旧小说极力加以表彰，而对于封建社会崩溃期中的几种暴露小说却置诸度外，这可以说是那表彰者的数典忘祖，也可以证明表彰者的头脑受封建社会的毒染实在并未清除①。甚么"整理国故"、甚么"新式标点"，要之不外是把封建社会的巩固统治权的旧武器，拿来加以一道粉饰，又利用为巩固资产阶级的统治权的新武器而已。

文学革命的泉水过了一段长久的伏流时期，在五四运动（一九一九年）的前后才突然爆发了出来②，成了一个划时期的运动。主持这个运动的机关，谁也知道是《新青年》，主持《新青年》的人谁也知道是陈独秀。陈独秀本来并不是一个文学家，他的行径和梁任公、章行严相同，他只是一个文化批评家，或者是文化运动的启蒙家。他起初其实也不外是一个资产阶级的代言人。对于封建社会的旧文化的抨击，梁任公、章行严辈所不曾做

---

① 〔也可以证明表彰者……〕最初版作："也可以证明那表彰者……"，光华版同。

② 〔一九一九年〕最初版、光华版作："一九一八"。

到乃至不敢做到的，到了《新青年》时代才毅然决然的下了青年全体的总动员令，对于战阵全线开始了总攻击，突贯、冲锋、呐喊、鏖战，随处的尖端都放出火花，随处的火花都发展成燎原的大火。基础已经丧失了的统治了中国几千年来的"古先圣王之道"，到这时在新兴的青年间真如摧枯拉朽一样，和盘倒溃了下来，出现了一个旧时代的人所痛心疾首的洪水猛兽时代①，新时代的人所讴歌鼓舞的黄金时代。

但这个黄金时代委实是黄金说话的时代！我们现在要认识明白——只有现在的我们才能认识明白——那时的那个文化运动其实就是资本社会和封建社会的意识上的斗争。我们大家应该都还记得《新青年》所尊崇的两位导师：一位是德先生的"德谟克拉西"（民主），其它一位是赛先生的"赛因士"（科学）②。这德、赛二先生正是近代资本社会的二大明神。德先生的德业是在个权的尊重，万民的平等；赛先生的精神是在传统的打破，思索的自由，更简切了当的说，《新青年》的精神仍不外是在鼓吹自由平等。前一时期的自由平等的要求偏重在政治上、法律上，这

---

① 〔洪水猛兽时代〕最初版、光华版作："洪猛时代"。

② 〔我们大家应该都还记得《新青年》所尊崇的两位导师：一位是德先生的"德谟克拉西"（民主），其它一位是赛先生的"赛因士"（科学）〕最初版、光华版作："我们大家应该都还记得《新青年》所奉的两位导师：一位是德先生的"德谟克拉西"（Democracy），其它一位是赛先生的"赛因士"（Science）"。

一时期的自由平等的要求进展到思想上、文艺上来了①。这是必然有的步骤。由文化本身来说，政治、法律和社会的经济基础逼近，所以基础一动摇，政治、法律便不能不先发生动摇②。思想、道德、文艺等在上层建筑中比较更上一层，所以它们受到影响总要稍稍落后③。更从产生文化者的主体来说，便是资产阶级在政治斗争上夺到了统治权之后，它第二步便要在思想上、道德上、文艺上、一切的观念体系上，来建设适合于它的统治，使它的统治权可以巩固的各种亭台。《新青年》所做的工作就是这一步——替资本社会建设上层建筑的这一步！这一点并不是有意要替它夸张，也不是有意要把它倒折，它不折不扣的就走到这一步。《新青年》中所有的一个局部战线，文学革命，不折不扣的也就只是这一步的革命。

《新青年》上关于文学革命的有两种口号，一个是"反对封建的贵族的文学"，又一个是"建设自由的平民的文学"（大意是如此，原文在字句间当稍有出入，有《新青年》的人可以纠正，我现在手中无书）④。这两句话表示得异常正确，所以正确

---

① 〔……进展到思想上、文艺上来了〕最初版、光华版作："……进展到思想上文艺上来"。

② 〔先发生动摇〕最初版、光华版作："先生动摇"。

③ 〔所以它们受到影响总要稍稍落后〕最初版、光华版作："所以它们的影响总要稍稍落后"。

④ 〔我现在手中无书〕最初版、光华版作："我现在手中没有这一类书"。

的原因便是它们把这次文学革命表示得异常精当①。旧文学在精神上是封建思想，在形式上是贵族趣味，新文学在精神上是自由思想，在形式上应得反贵族趣味。所谓自由思想自然就是打破传统、尊重个性、鼓励创造，创造适合于新社会的新的观念体系，和各种新的观念的具象化。这根本是和旧有的封建思想的贵族文艺对立的。两种口号在精神和形式两方都把这个对立道破了②。不过这个对立是只存在在这个阶段上的③，对于封建的所谓自由只是新兴资产阶级的自由，对于贵族的所谓平民是以新兴资产阶级的暴发户为代表，所以当年《新青年》所标榜的"自由的平民的文艺"，再进一个阶段仍不外是"新封建的新贵族的文艺"。这个自然是后话，但在《新青年》时代，这两句话的确是把当时的文学革命的性质和目标完全道穿了。

　　这儿自然应该提到一位胡适④。幸，或者是不幸，是陈独秀那时把方向转换了，不久之间文学革命的荣冠差不多归了胡适一人顶戴⑤。他提出了一些更具体的方案，他依据自己的方案也

---

① 〔……把这次文学革命表示得异常精当〕最初版、光华版作："……把那一个文学革命表示得异常精当"。
② 〔两种口号在精神和形式两方都把这个对立道破了〕最初版、光华版作："他在精神和形式两方都把这个对立道破了"。
③ 〔不过这个对立是只存在在这个阶段上的〕最初版、光华版作："不过这个对立是只成立在这个阶段上的"。
④ 〔胡适〕最初版、光华版作："胡适之"。以下"胡适"，最初版、光华版均作"胡适之"。
⑤ 〔……一人顶戴〕最初版、光华版作："……一人的顶戴"。

"尝试"过一些文学样的作品。然而严正的说，他所提出的一些方案在后来的文学建设①，而他所尝试的一些作品自始至终不外是"尝试"而已。譬如他说"有甚么话说甚么话"，这根本是不懂文学的人的一种外行话。文学的性质是在暗示，用旧式的话来说便是要有含蓄，所以它的特长便在言语的经济，别人要费几千百言的，它只消一两句，别人要做几部《文存》的，它只消一两篇。"有甚么话说甚么话"的那样笨伯的文学，古往今来都不曾有，也不会有。又譬如他说的"不用典故"，这也不免是逐鹿而不见山。用典是修辞的一种妙技。新文学也有新文学的典故，即如胡适做文章也在引用孙悟空翻筋斗的典故，你可以知道他的话究竟正确不正确。他的其余的方案我现在不能逐条的复核，因为我的脑中没有记忆，而他替我们所保存的"史料"——《胡适文存》——也不入我的书橱。

总之，文学革命是《新青年》替我们发了难，是陈、胡诸人替我们发了难。陈、胡而外，如钱玄同、刘半农、鲁迅、周作人，都是当时的急先锋，然而奇妙的是除鲁迅一人而外都不是作家。

① 〔文学建设〕最初版、光华版作："文学的建设"。

# 三

然而中国资产阶级的革命是一个畸形的革命。中国的资产阶级在外来资本主义的束缚之下不容易达到它的应有的成长。外来的资本主义要把中国束缚成一个恒久的乡村，作为发泄它们过剩资本，过剩生产的尾闾，同时便是把中国作为世界革命的缓冲地，有中国这个庞大的乡村存在，世界资本主义的寿命便得以延长。在这个条件的束缚之下，中国资产阶级的革命永远只是一个畸形儿①，自清朝末年的立宪运动一直到最近的军阀斗争，都是几组半封建资产阶级相互所演出的轩轾戏。中国挂着了共和的招牌已经将近二十年，所有共和政体的眉目你看它具备了没有？这不是中国人没有运用近代政治的能力（外国人的口头禅如是，特别是日本），是立宪政体这个资本制度下的所谓近代政治的物质条件在中国不容易成熟。中国的一大部分依然是封建社会，而封建社会却在外来的资本主义的羽翼之下庇护着。中国的薄弱的资产阶级势力，受着内外的夹攻，不能够遂行它的使命，而始终是萎缩避易以图其妥协的存在。

---

① 〔中国资产阶级的革命永远只是一个畸形儿〕最初版、光华版作："所以中国资产阶级的革命永远只是一个畸形的"。

　　与资产阶级的势力成反比例的却是无产阶级的勃兴。资本主义的必然的因果是在它迸芽的一天同时便要发生出两个利害全然相反的对立的阶级，便是有产阶级与无产阶级的对立。中国有近世的资本家产生，同时便是中国有近世的劳动者的出现。中国的资本家阶级在外来资本主义的束缚之下，不容易发展，而中国的劳动者阶级在外来资本主义的培植之下却是宿命的无可避免的以加速度的形势日渐扩张。在这样的形势之下，中国的资产阶级是遇着了三重的敌人，国内的封建势力、国外的资本帝国主义、新兴的无产者集团①。而新兴的无产者却是国内的资本家、国外帝国主义、旧有的封建势力的共同敌人②。于是中国的资产阶级在未能遂行其完全打倒封建势力以前③，它便不能不和利害较近的封建势力妥协苟合，而向同阶级的帝国主义者投降。就这样中国的资产阶级革命便不能不成为一个畸形的革命。

　　这个形势自然要在一切的文化分野中反映出来④，而在文学的这个分野中所反映出的尤为明白⑤。中国的所谓文学革命——

---

　　① 〔新兴的无产者集团〕最初版、光华版作："和新兴的无产者集团"。

　　② 〔国外帝国主义、旧有的封建势力的共同敌人〕最初版、光华版作："国外的帝国主义、和旧有的封建势力的共同的敌人"。

　　③ 〔……完全打倒封建势力以前〕最初版作："……打倒封建势力以前"，光华版同。

　　④ 〔……在一切的文化分野中反映出来〕最初版、光华版作："……在一切的文化分野上反映出来"。

　　⑤ 〔而在文学的这个分野中……〕最初版、光华版作："而在文学的这个分野……"

资产阶级革命的一个表征——其急先锋陈独秀，一开始就转换到无产者的阵营不计外，前卫者的一群如周作人、刘半农、钱玄同辈，却胶固在他们的小资产阶级的趣味里，退回封建的贵族的城垒；以文学革命的正统自任的胡适，和拥戴他或者接近他的文学团体，在前的文学研究会，新出的新月书店的公子派，以及现代评论社中一部分的文学的好事家，他们倒真确的在资本主义的大纛之下或有意识地或无意识地在那儿挣扎。然而文学革命以来已经十余年①，你看他们到底产生出了一些甚么划时代的作品？这一大团人的文学的努力刚好就和整个的中国资产阶级的努力一样，是一种畸形儿②。一方面向近代主义（modernism）迎合，一方面向封建趣味阿谀，而同时猛烈地向无产者的阵营进攻。

中国的封建势力，在帝国主义的羽翼之下庇护着，长久地维系其生存。同样，中国的封建趣味的吃茶文学也长久地有它那不生不死的存在③。

中国的资产阶级受着帝国主义的束缚不能成就其应有的生长④。同样，中国的有产阶级的文艺也只好是长久地在那儿跳跃

---

① 〔然而文学革命以来已经十余年〕最初版作："然而文学革命宣告成功以来已经十余年"，光华版同。

② 〔是一种畸形儿〕最初版、光华版作："是一种畸形的"。

③ 〔……也长久地有它那不生不死的存在〕最初版、光华版作："……长久的也有它那不生不死的生存"。

④ 〔……不能成就其应有的生长〕最初版、光华版作："……不能成遂其应有的生长"。

着的一个三寸的侏儒①。

中国的无产阶级受着国内国外的资本主义压迫而猛勇的长成②。同样，中国的无产阶级的文艺是只有爆发，爆发，爆发，爆发到它完成了它的使命的一天③，即是打倒帝国主义的一天，消灭尽阶级对立的一天。

中国的社会是发生无产文艺的绝好的培养基地，无产文艺的生命是不能扑灭的，就是用绿气炮也是不能扑灭的。你要扑灭它，除非是把中国的社会消掉。

所以由社会的分析，中国的无产文艺只有一天蓬勃一天，绝大的绝丰富的无产文学的材料自"五卅"以来早已存在着④，只待无产文学家把它写出来。我相信在不久的将来总有人要把它纪录出来的⑤。你们看，这新兴文学的潮流不是早已把有产者的阵营震撼了吗⑥？不是已经有政治的势力发动起来对抗了吗？你们看，你们看见有水龙飞奔的地方，你们总可以知道已经有燎原的

① 〔……也只好是长久地在那儿跳跃着的一个三寸的侏儒〕最初版、光华版作："……也只好长久的在那儿跳跃着一个三寸的侏儒"。

② 〔……资本主义压迫而猛勇的长成〕最初版、光华版作："……资本主义压迫着而猛勇的长成"。

③ 〔爆发到它完成了它的使命的一天〕最初版、光华版作："爆发到它成遂了它的使命的一天"。

④ 〔……早已存在着〕最初版、光华版作："……早已现存着"。

⑤ 〔……把它纪录出来的〕最初版、光华版作："……把它纪录出的"。

⑥ 〔……早已把有产者的阵营震撼了吗〕最初版、光华版作："……早把有产者的阵营震撼了吗"。

大火①！这不是甚么个人的力量把它呼唤起来的，这是中国社会的力量，是整个世界资本主义的力量②。处在这个社会之中，处在这个潮流之中，任你是怎样的磐石都要被席卷着而奔流③。商务印书馆所办的《东方杂志》《小说月报》，不也零星的在登载辩证唯物论或者是倾向无产阵营的作品了吗④？不管你愿意不愿意，不管你顾盼不顾盼，潮流的力量总要推着你向大海奔驰，不然便把你抛撇在两岸的沙滩上⑤。

## 四

　　末了我们来批判创造社这个小团体⑥。

---

① 〔你们看，你们看见有水龙飞奔的地方，你们总可以知道已经有燎原的大火〕最初版、光华版作："你看，你看见有水龙飞奔的地方，你总可以知道已经有燎原的大火"。

② 〔是整个世界资本主义的力量〕最初版、光华版作："是整个的世界资本主义的力量"。

③ 〔处在这个社会之中，处在这个潮流之中，任你是怎样的磐石都要被席卷着而奔流〕最初版、光华版作："你处在这个社会之中，你处在这个潮流之中，任你是怎样的大石都要被席卷着而奔流"。

④ 〔不也零星的在登载辩证唯物论或者是倾向无产阵营的作品了吗〕最初版、光华版作："不也零星的在登载辩证的唯物论或者是倾向无产阵营的作品吗"。

⑤ 〔不然便把你抛撇在两岸的沙滩上〕最初版、光华版作："不然便把你抛撇在两岸的沙滩"。

⑥ 〔末了我们来批判创造社这个小团体〕最初版、光华版作："末了我们来批判创造社的一团"。

创造社这个团体一般是称为异军突起的①，因为这个团体的初期的主要分子如郭、郁、成②，对于《新青年》时代的文学革命运动都不曾直接参加，和那时代的一批启蒙家如陈、胡、刘、钱、周，都没有师生或朋友的关系。他们在当时都还在日本留学，团体的从事于文学运动的开始应该以一九二〇年的五月一号创造季刊的出版为纪元（在其前两年个人的活动虽然是早已有的③）。他们的运动在文学革命爆发期中要算到了第二个阶段④。前一期的陈、胡、刘、钱、周着重在向旧文学的进攻⑤；这一期的郭、郁、成，却着重在向新文学的建设⑥。他们以"创造"为标语，便可以知道他们的运动的精神。还有的是他们对于本阵营的清算的态度。已经攻倒了的旧文学无须乎他们再来抨击，他们所攻击的对象却是所谓新的阵营内的投机分子和投机的粗制滥造。投机的粗翻滥译。这在新文学的建设上，新文学的价值的确立上，新文学的地位的提高上，是必经的过程。一般投机的文学

---

① 〔异军突起〕最初版、光华版作："异军特起"。
② 〔郭、郁、成〕最初版、光华版作："郭、郁、成、张"。
③ 〔在其前两年个人的活动虽然是早已有的〕最初版、光华版作："在其一两年前个人的活动虽然是早已有的"。
④ 〔……要算到了第二个阶段〕最初版、光华版作："……又算到了第二个阶段"。
⑤ 〔……着重在向旧文学的进攻〕最初版、光华版作："……主重在向旧文学的进攻"。
⑥ 〔这一期的郭、郁、成，却着重在向新文学的建设〕最初版、光华版作："这一期的郭、郁、成、张，却主要在向新文学的建设"。

家或者操觚家，正在旁若无人兴高采烈的时候①，突然由本阵营内起了一支异军，要严整本阵营的部曲，于是群议哗然，而创造社的几位分子便成了异端。他们第一步和胡适对立，和文学研究会对立，和周作人等语丝派对立，在旁系上复和梁任公、张东荪、章行严也发生纠葛。他们弄到在社会上成了一支孤军。

其实他们所演的脚色在《创造》季刊时代或《创造周报》时代，百分之八十以上仍然是在替资产阶级做喉舌。他们是在新兴资本主义的国家，日本，所陶养出来的人，他们的意识仍不外是资产阶级的意识。他们主张个性，要有内在的要求。他们蔑视传统，要有自由的组织。这内在的要求、自由的组织（大意见《创造》季刊二期的《编辑余谈》），无形之间便是他们的两个标语。这用一句话归总，便是极端的个人主义的表现。个人主义就是资本主义社会中的根本精神。他们在这种意识之下，努力行动了，努力创造了，然而结果是同样受着中国的资产阶级的文化不能遂其自然成长的诅咒，他们所"创造"出来的结果，依然不外是一些具体而微的侏儒②。划时代的作品在他们的一群人中也终竟没有产出！

然而天大的巨浪冲荡了来，在"五卅"工潮的前后，他们之

---

① 〔正在旁若无人兴高采烈的时候〕最初版、光华版作："正在旁若无人与兴高采烈的时候"。
② 〔依然不外是一些具体而微的侏儒〕最初版、光华版作："依然不外是一些不具体的侏儒"。

中的一个，郭沫若，把方向转变了。同样的社会条件作用于他们，于是创造社的行动自行划了一个时期，便是洪水时期——《洪水》半月刊的出现。在这时候有一批新力军出现①，素来被他们疏忽了的社会问题的分野，突然浮现上视界里来了。当时的人称为是创造社的"剧变"。其实创造社大部分的分子，并未转换过来，即是郭沫若的转换，也是自然发生性的，并没有十分清晰的目的意识（这个目的意识是规定一个人能否成为无产阶级真正的战士之决定的标准，凡摆脱不了这个自然生长的意识的，他不自觉的会退出革命战线）。

然而，在这时期中他们内部便自然之间生出了对立，便是郭沫若和郁达夫的对立，明白的说便是无产派和有产派的对立。郁达夫在郭沫若参加了实际革命的时期中，他把创造社改组了，把一批年青人逐出社外②，实际上就是这个对立的表示。一方面郭在参加革命，另一方面郁偏在孙传芳的统治期中骂"广东事情"。一方面郭在做"文学与革命"，另一方面郁便在骂提倡无产文学的人是投机分子。郁对内部采取清算的态度，对外部却发挥出妥协的手腕③。他一方面做着创造社的编辑委员，另一方面又在参

---

① 〔在这时候有一批新力军出现〕最初版、光华版作："在这时候有潘汉年，周全平，叶灵凤等一批新力军出头"。

② 〔把一批年青人逐出社外〕最初版、光华版作："把周，叶，潘诸人逐出社外"。

③ 〔郁对内部采取清算的态度，对外部却发挥出妥协的手腕〕最初版、光华版作："郁对内部取出清算的态度，对外部却发挥出他的妥协的手腕"。

预以胡适为主席的新月会议。以后更在《小说月报》中做《二诗人》的小说来嘲骂创造社的同人。那时候一批读着郁达夫所编的《洪水》的人，他们异口同声的说，这是创造社的《现代评论》化!①

郁达夫一人的反动，敌不过的依然是整个中国社会的潮流②，他的行动在不久之间受了不甘反动的创造社同人的反对③，他自己便不能不退出创造社的队伍④，并且率性专以嘲骂创造社为能事了。

不久之间到了一九二八年，中国的社会呈出了一个"剧变"，创造社也就又来了一个"剧变"。新锐的斗士朱镜我、李初梨、彭康、冯乃超由日本回来⑤，以清醒的唯物辩证论的意识，划出了一个《文化批判》的时期。创造社的新旧同人，觉悟的到这时候才真正的转换了过来，不觉悟的在无声无影之中也就退下了战线。创造社是已经蜕变了，再到一九二九年的二月七日它便遭了封闭。

---

① 《沫若文集》版在此处加有注释："《现代评论》是王世杰、陈源一批人办的杂志，与胡适相呼应，达夫最初参加了那杂志的编辑。——沫若注"。
② 〔敌不过的依然是整个中国社会的潮流〕最初版、光华版作："敌不过的依然是整个的中国社会的潮流"。
③ 〔……创造社同人的反对〕最初版作："……创造社人的反对"，光华版同。
④ 〔他自己便不能不退出创造社的队伍〕最初版、光华版作："他自己便不能不退出了创造社的队伍"。
⑤ 〔新锐的斗士朱镜我、李初梨、彭康、冯乃超由日本回来〕最初版、光华版作："新锐的斗士朱，李，彭，冯由日本回来"。

这是创造社一派的十年的回顾。它以有产文艺的运动而产生，以无产文艺的运动而封闭。它的封闭刚好是说无产文艺的发展，有产文艺的告终。

有水龙飞驰的地方总是有火灾的，朋友，你如看见有多数的水龙在拼命的飞驰，你可以知道燎原的大火是已经逼近！①

1930 年 1 月 26 日②

---

① 〔大火〕最初版、光华版作："火灾"。
② 〔1930 年 1 月 26 日〕最初版作："一九，一，二六。"，光华版作："一九三〇年一月二十六日"。

# 关于文艺的不朽性<sup>①</sup>

文艺的不朽性，或者是悠久性——

这个问题我在前曾经肯定过，高调过；到后来又曾经否认过，但是苦闷过。

这本是由事实上导引出来的一个问题，因为无论是若何古远的文艺作品都有使我们发生鉴赏的快乐的可能。而且有时候作品愈古，艺术的价值反愈见深浓。

我们最好举例来说吧。

例如一部《国风》要算是中国存世的最古的抒情诗，它传世已继有三千年，但那艺术的价值丝毫没有更变——甚且在"圣经"的漆灰之下久淹没了的它的本来的面目，到近代人的手中把那漆灰剥落了，又才显示了出来。

又例如青铜器时代的殷周的古器，那全体的形式、花纹、色

---

① 本篇最初收入 1930 年上海天成书店出版的《孤鸿》。

泽（是由青铜的配剂而来），以及款识文字的古朴生动，无论谁
人看了都觉得有引人的魔力；而且后世的作伪者，尽管怎样苦心
惨苦的去仿制，总是追及不到，遇着略有经验的人，一眼便可以
看出它的真假。

这样的例子正自举不胜举，不仅中国是这样，其它各国都是
这样；不仅文明的国家是这样，就连未开化民族的艺术①，新旧
石器时代的人类的幼年时代的艺术都是这样。

由这些事实所导引出的一个概念：便是文艺的不朽性，文艺
的悠久性。

这个从事实上引导出来的概念是不能否认的，否认了便不能
不苦闷，因为对于那些事实便无从说明，对于反对者的驳斥便无
从解答。屠格涅甫在他的小说《新的一代》里面，托在巴克林的
口中热烈地反对过对于这个概念的否认者，他说：

"假使艺术中没有甚么不朽性，没有什么悠久性时——那吗
让它滚到地狱里去吧！象在科学里面，在数学里面——我们会把
威勒尔（Euler）、拉普拉司（Laplace）、皋士（Gauss）当成腐败
人物吗？全然不会！我们是愿意承认他们的权威！但是罗斐尔
（Raphael）或者牟差特（Mozart）——在你们眼中看来便只是呆
子，你们的矜持会反对他们的优越了！艺术的律例比科学的更难

---

① 〔就连未开化民族的艺术〕最初版、光华版作："就连野蛮民族的艺术"。以下
"未开化民族"最初版、光华版均作"野蛮民族"。

发现——这个我能承认；但总不会是没有的，有人要否认它的存在，这个人是个瞎子——不管他是有心无心，他到底是个瞎子！"

假使是否认了，这个非难的确是不能反驳的，要强为反驳，要亦不过是出于"矜持"。

回头一肯定下去，于是有心无心地站在有产者的立场上的人，他便要自鸣得意了。

有了这样的一种永恒不朽的东西存在，那里还能够和你的辩证法两立呢？艺术岂不是超过时代的东西？艺术岂不是超过阶级的东西？艺术的对象岂不就是人，无阶级无限制的一般的人？艺术的本质岂不就是纯真赤裸的人性？——这样的论调我相信上海滩上有不少的文人新月派的那些少爷公子或准少爷公子，一定是很拿手的在那儿高唱着。但是我现在也并不想嘲笑他们，侮辱他们，因为在七八年前的我自己都是曾经这样唱过的，我还相信怕那里面有一些人或多或少地是受了我的影响。

我在一九二二年七月二十一日做的《论文学的研究与介绍》中曾经说过这样的话①：

"我相信，凡是真正的文学上的杰作，它有超过时代的影响②，它是有永恒生命的。文学与科学不同，科学是由有限的经验所结成的'假说'上所发出的空幻之花，经验一长进，假说即

---

① 〔《论文学的研究与介绍》〕最初版、光华版作："《论文学之研究与介绍》"。
② 〔它有超过时代的影响〕最初版、光华版作："它是超过时代的影响"。

随之而动摇，科学遂全然改换一次新面目，所以我们读一部科学史，可以看出许多时辰的分捕品，可以看出许多假说的死骸，极端地说时，科学史便是这些死骸的坟墓。

"文学则不然。文学是精赤裸裸的人性的表现，是我们人性中一点灵明的情髓所吐放出的光辉，人类不灭，人性是永恒存在的，真正的文学是永有生命的。我们能说一部《国风》是死文学么？我们能说一部《楚辞》是死文学么？——有人定要说时，我也把他没法。我们能说印度《吠陀经典》中许多庄严幽邃的颂歌是死文学么？我们能说荷默的诗，希腊的悲剧，索罗门的《雅歌》是死文学么？——有人定要说，我也把他没法。文学的好坏不能说它是古不古，只能说它是醇不醇，只能说它是真不真。……"

这便是我七八年前的调门，在当时所演的脚色真真是惭愧，我不知道是遗误了多少人的。

不过这些论调，要说有甚么大错，那也不见得是怎样的大错：因为那所根据的是事实上的问题①，文艺有所谓不朽性，这是事实；要了解这个事实并不困难，困难的是在这个事实的说明，便是文艺为甚么有这所谓不朽性②。

---

① 〔因为那所根据的是事实上的问题〕最初版作："因为那所根据的事实上的问题"，光华版同。

② 〔便是文艺为甚么有这所谓不朽性〕最初版作："便是文艺为甚么有所谓不朽性"，光华版同。

　　这在封建社会的闭关时代或者是在包含着封建思想的闭关头脑中，他们也认定了这个事实，他们便名之为"国粹"。因为他们只知道本国本族有"粹"而不知道他国他族也有"粹"，或者是知道了没有充分的能力去鉴赏——鉴赏力也是依着时代进展的，——他们在这样的情形之下对于所谓不朽性的解释，用同义语来反复便是甚么民族的精华，国家的精华，再进一步便是自己的民族性的优越，本民族是天帝的选良，是神明的胄裔。这种见解在我们现在看来好象已经隔了好几个世纪，要想回忆起来都很要费一番大力的一样，但在我们中国这个半封建的社会里，就在上海这个近代的都市里面，只要你肯略略费一点工夫去检阅那稍稍旧式点的刊物，你会知道在那儿的一些文章里面还是乱坠天花地触目皆是。

　　但这种民族性的优越说，随着时代的进展已经不攻自破了。近代的产业破坏了封建社会的藩篱，在前只知道本国本族有"粹"而不知道他国他族也有"粹"的，到现代来不仅是知道了，而且还知道他国他族的"粹"，有时比本国本族的"粹"还要"粹"——例如希腊艺术便有人以为远在中国的之上①。在前只以为这种精粹的艺术只有文明人才能有的，然到现代来知道了现存的未开化民族和新旧石器时代的原始人类，都已经有了

---

① 〔例如希腊艺术便有人以为远在中国的之上〕最初版、光华版作："例如希腊艺术便远在中国的之上"。

"粹"的存在——事实上中国的音乐、演剧和跳舞自来便多是由所谓"胡人"输入的。

民族性一站不住脚，于是起来代替它的便是这所谓"人性"。这个人性自然比民族性的范围要概括得宽些。然而前者比后者也就更是混沌，更为不可摩捉。人性到底是甚么东西呢？同一是人便有人性。为甚么同一有人性，不见得人人都是艺术家，不见得时时代代的艺术都是一样？连含混着谈人性的人他自己都是把握不住，所以在我从前的论调里，只要一口把"人性"咬定了之后，第二口便来一句"人性中一点灵明的情髓"，这用德国诗人Schiller的话来表现时就是所谓"美的灵魂"（Schöne Seele），再用中国某"大诗哲"的话来表现时便是所谓"诗人的灵性的晶球儿"。但是说来说去仍然是在问题的圈子里面没有进展得一步。

这本是一种演绎的办法。所谓民族性的优越、所谓人性的甚么，都是由先有艺术有不朽性的这个观念演绎出的。因为艺术既有甚么不朽性①，那吗产生艺术的便必定也是一个甚么不朽的东西；便抽象的混混沌沌的名之为"人性"，为"美的灵魂"，为"灵明的情髓"，为"灵性的晶球儿"，为"甚么的甚么"。然而结果总不外是一种同义语的反复。泛称的"人性"实际上就是"美的人性"的略语，这"美的人性"实际上就是美的艺术的翻译，由客观的翻译成主观的说素而已。结局是把问题导引进了一

---

① 〔因为艺术既有甚么不朽性〕最初版作："因为艺术既有不朽性"，光华版同。

个迷宫，丝毫也没有得到解决。

所以在一些高谈人性说者的文学青年中，有多少人我们是应该要认识清楚，他们的立场暗默地自然是在反动的一方面，但我们与其斥之为"反动"，倒不如怜之为"不通"。他们实在是还没有把这个问题把握得着。同时我也相信就在我们的立场上站着脚的人把这个问题通解透了的恐怕也还是在少数的。我们的通病是容易"矜持"，在我们的这种矜持病下，每每有抹刷一切的倾向。但这种倾向和辩证的唯物论却是相背驰的。老实说最近的两三年前，我就是这种人中的一个，我为这个问题实在是苦闷过来。但我的这个苦闷已经在四十三年前，由我们的伟大的导师马克思，老早替我们解决了。

马克思在他一八五七年所做的《经济学批判导论》上，端的地论述了这个问题①。

他先替我们说出了艺术的黄金时代和社会一般的不相应，例如希腊艺术在现在的社会里便绝对产生不出来，那是因为产生希腊艺术的那个希腊的神话世界，那是希腊的自然和社会关系透过了希腊人的幻想所点染出的世界，和现代的自动机器、铁路、蒸汽机、电信等不能两立。社会发展的结果把对于自然界的观感上，所有一切的神话的关系，神话化的关系都排除了，我们对于

---

① 〔端的地论述了这个问题〕最初版、光华版作："端的地论了这个问题上来"。

艺术家所要求的是脱离神话的另一种空想①，所以社会发展不能形成为希腊艺术的地盘。

这个很扼要而毫不矜持的见解，不是比甚么"粹"，甚么"神兴"，甚么"灵感"，甚么其它半神话化的似通非通的一些说明，透辟到了万分吗？假使这样还嫌抽象，那吗我们最好把中国的例子引用来说明。譬如我们住在上海的中心——中国的所谓文坛现在是建设在这儿的——或者更是睡在东亚酒楼或远东饭店的钢丝床上，你听见的只是汽车的咆哮，或者是黄浦滩头的轮船拔锚，你能听出甚么河洲的"关关雎鸠"吗②？有自鸣锺挂在你的壁上，遇必要时你可以把闹锺放在你的床头，你和你的爱人可以安安稳稳的睡到你所规定的时候，那里还会闹到"女曰鸡鸣"的使你在半夜里起床③？在避雷针之前那里还会有丰隆？在有无线电和飞机交通的存在面前那里还会希望要"前望舒使先驱，后飞廉使奔属"④？……所以整个的一部《国风》，整个的一部《楚辞》在现代是不能产生出的（中国的社会本很复杂，除掉一些交通便利的近代都市之外，有好些地方差不多还在原始的状态里，因而有少数的文人还在守着"国风"和"楚辞"的古调，这在我们并不是怪异）。

---

① 〔……脱离神话的另一种空想〕最初版、光华版作："……脱离于神话的另一种空想"
② 〔河洲〕最初版、光华版作："河洲上"。
③ 〔闹到〕最初版作："闹得"，光华版同。
④ 〔存在〕最初版、光华版作："现存在"。

　　"但是，"马克思说，"困难的不在乎去了解，希腊艺术与叙事诗，和某某种的社会的发展形态有密切的关系。困难是在乎希腊艺术对于我们还给与艺术的享乐，在某种关系上是视为规范而且是不可及的典型。"

　　在这儿我们可以看出马克思对于所谓艺术的不朽性是并不否认的，他不惟不否认，而且对于这个问题，就豫先知道了我们的"困难"①，早就替我们克服了。

　　他说："一个大人是不能再成为孩子的，成时便只是呆子。但是孩子的朴质不能使他愉悦，他在更高的一个阶段上不是在力求再造出自己的纯真，童心犹存的人无论在任何年龄不是都能把自己的特质在天真中苏活起来吗？为甚么人类社会的幼年期，在当时人类〔是〕最美好地发展过来的，不能作为一个永不复归的阶段而发舒其永恒的魅力？世间上有不良的儿童，也有早熟的儿童。有许多古代民族便属于这些范畴。希腊人是正常的孩子。希腊艺术的魅力在我们看来，和她所在上面发生着的未发展的社会阶段并不矛盾。魅力宁是这未发展的社会的成果，宁是和那些未成熟的社会的诸条件，希腊艺术在其下所由成立，所独能成立的诸条件之永不复归，是不可分地紧系着的。"

　　这几句简单扼要的话，真是道破了几千年来艺术学上的秘

---

　　① 〔而且对于这个问题，就豫先知道了我们的"困难"〕最初版、光华版作："而且对于这个问题解答他豫先知道了我们的'困难'"。

密，新兴艺术学或美学的胚芽便含蓄在这儿。我们透过了优越的民族性、美的人性，现在是得到一个永不复归的社会性来把这个艺术的不朽性的问题解决了。

这个理论同样地可以适用于封建时代的艺术，就是"沙士比亚的艺术对于近代的关系"，马克思在他的原稿中已例举过两次，看他的本意是要加以详细的叙述的，但可惜他的原稿中断，在论了希腊艺术之后便没有继续，关于这一个阶段的推阐他没有展开出来。然而聪明的人举一可以反三。我们得到了他这个根本理论，其它是可以类推的。

总之，我们可以抚爱孩子，但无须乎定要去学"呆子"。孩子之中我们也要知道有些是"早熟的"，有些是"不良的"。同样世间上也尽有"不良的"青年，乃至"不良的"老年，这种不良分子是我们应该极力排除的①。所以承认艺术"在某种关系之内"有其不朽性，与辩证法的理论并不矛盾（辩证法的本身便有不朽性），同时也并不便是承认他是超阶级的。所以不良的孩子，不良的青年，特别是不良的老年，在我们是在排除之列。

还有我们所应该知道的，便是这"正常的孩子"虽然可以抚爱，而抚爱的权利对于无产者阶级是被剥夺了的！无产者没有鉴赏艺术的机会和时间，连自己的生命都是被人剥夺了的！所以无产大众的当前的急务是在夺回自由的生命，夺回一切社会的成果

---

① 〔这种不良分子……〕最初版、光华版作："这种不良的分子……"

——艺术品也包含在内。在这期间内一切行动的主要契机便是夺取，用艺术的手段把这种夺取精神具象化的活动，便是无产阶级的艺术。这种艺术的阶级性随着阶级的尖锐化而尖锐化到了绝端。主张艺术无阶级性的公子们，你们有那样的雅量，承认这种艺术也是超阶级的吗？

一个人在蒙昧中说着冬暖夏寒的诨话时——就如象七八年前的我——与其美之为反动，宁可斥之曰不通。但在暖寒的意识，冬夏的区分，已经由社会提供了出来，依然还有少数的人要昧着良心说着甚么冬暖夏寒的话。那种东西便只好名之曰狗种①。有心寻求真理而尚在暗中摸索的，我希望他们即早达到通路来。但已经存心狗化的人，那我们不客气便只好举起铁棒。

1930 年 3 月 4 日②

---

① 〔那种东西便只好名之曰狗种〕最初版同，光华版作："那种东西便只好答之曰狗种"。

② 〔1930 年 3 月 4 日〕最初版、光华版作："3 IY 1930"，其中"IY"疑为"IV"之误。

# "眼中钉"①

《萌芽月刊》第二期中鲁迅先生的《我和"语丝"的始终》一篇文章我读了②。

这篇文章虽是随意的叙述，却颇有意义。因为我们在这儿可以看见一个小团体内起了自我批判，鲁迅先生对于"语丝派"的以往的关系，及"语丝派"的各个成员在社会上所演的脚色，我们算得到了一个具体的认识，虽然有些地方还不免朦胧。而且鲁迅先生要算是超克了"语丝派"的这个阶段得到了一个新的发展了。

我现在要来写这篇文章不是要来批评，却是要来辩正一个事实。

鲁迅先生说：

---

① 本篇最初发表于 1930 年上海《拓荒者》第一卷第四、五合刊，同时还发表在 1930 年 5 月 10 日《海燕》月刊第 4、5 期合刊。

② 〔《萌芽月刊》第二期中鲁迅先生的《我和"语丝"的始终》一篇文章我读了〕最初版作："L. 兄把'萌芽月刊'第二期中鲁迅先生的'我和'语丝'的始终'一篇文章剪寄了给我，我读了"，光华版同。

经我担任了编辑之后，《语丝》的时运就很不济了，受了一回政府的警告，遭了浙江当局的禁止，还招了创造社式"革命文学"家的拼命的围攻。①

这句话可是事实，但他对于这"警告"、"禁止"、"围攻"的社会的意义，却不曾认明。特别是他们对于"围攻"的认识②，是使我草出这篇文章的动机。

鲁迅先生说：

至于创造社派的攻击，那是属于历史底的了，他们在把守"艺术之宫"，还未"革命"的时候，就已经将"语丝派"中的几个人看作眼中钉的，叙事夹在这里太冗长了，且待下一回再说罢。③

鲁迅先生的"下一回再说"是否已经写出，我还不曾看见。不过便单就这简单的几行字句看来，便可以知道鲁迅先生于认识上不免错误，于事实上也不免也有错误④。"艺术之宫"的把守

---

① 最初版此段话后有注明："（原刊第四七页）"，光华版无此注明。
② 〔特别是他们对于"围攻"的认识〕最初版作："特别是他对于"围攻"的认识"，光华版同。
③ 最初版此段话后有注明："（原刊第四八页）"，光华版无此注明。
④ 〔便可以知道鲁迅先生于认识上不免错误，于事实上也不免也有错误〕最初版作："便可以知道鲁迅先生于认识上不免有错误，于事实上不免也有错误"，光华版同。

者的"攻击"，和"革命"者的"攻击"意义是两样的。老实说前期的创造社的几个人要谥以"艺术把守"的尊号①，他们的资格还不配，这话说来也未免太长，暂时寄放在这儿，让我追溯一些创造社里几个人对于语丝派的几个人所发生过的文字上的关系吧②。

　　一讲创造社的几个人③，其实所谓创造社的人并没有几个。拿前期的来说，顶着创造社的担子在实际上精神上都发生过一些作用的，仅仅郁达夫、成仿吾和我三个人而已。

　　就在三个人里面④，据我所知道的，达夫对于语丝派的人便从没生过恶感。

　　仿吾批评过鲁迅的《呐喊》，批评过周作人的小诗。

　　我呢，对于周作人之介绍小诗略略表示过不满的意思（见《创造》季刊二期批评《意门湖》的文字里面），对于他提倡印象批评也说过不赞成的话⑤（见《创造周报》一篇谈批评的文字里，连题名我都不记得了）。关于鲁迅呢，我只间接的引用过他的一句话，便是"中国还没有一个作家"（见《文艺论集》中《天才与教育》），而且我还承认他的并不是"傲语"。

---

① 〔艺术把守〕最初版作："艺术宫守"，光华版同。
② 〔创造社里几个人〕最初版作："创造社的几个人"，光华版同。
③ 〔一讲创造社的几个人〕最初版作："一口说创造社的几个人"，光华版同。
④ 〔就在三个人里面〕最初版作："就在这三个人里面"，光华版同。
⑤ 〔……不赞成的话〕最初版、光华版作："……不赞成的话头"。

前期创造社的几个人和"语丝派"的几个人所发生过的关系就只有这一点（其实当时《语丝》还没有出现）。

结果还只是成仿吾和我谈驳过周作人或鲁迅而已。所谓"历史"就只有这样一点历史。

再说到我们的谈驳是否是有意的"攻击"？

在这儿要夹叙一下。"攻击"这个字在一般人是很忌避的。人抵被批评者总爱把"攻击"这个字样去献定批评家，而批评家总兢兢于要辩护，说"我不是攻击"。但在我们现在看来，凡是站在不同的阶级的立场上所施行的战斗的批评，实质上就是"攻击"。所以"攻击"在我们现在的立场上说来是批评的要素。"攻击"是美名，"攻击"是无须乎忌避的。

但是我们前期的那一些谈驳文字可以配得上称为"攻击"吗？

在当时的所谓"语丝"也，所谓"创造"也，所谓周，鲁也，所谓成，郭也，要不过一丘之貉而已！说得冠冕一些是有产者社会中的比较进步的知识分子的集团①，说得刻薄一些便是旧式文人气质未尽克服的文学的行帮和文学的行帮老板而已，成、郭对于周、鲁自然表示过不满，然周、鲁对于成、郭又何尝是开诚布公？（例如周作人便刻薄过成仿吾是"苍蝇"②。）始终是一

---

① 〔知识分子〕最初版、光华版作："'因迭里根洽'"。
② 〔周作人〕最初版、光华版作："周作人先生"。以下"周作人"最初版、光华版均作"周作人先生"。

些旧式的"文人相轻"的封建遗习在那儿作怪，这是我自己在这儿坦白地招认的。

自然，我对于周作人的鼓吹小诗和提倡印象批评，就到现在我也还是反对，不过认识更明了了一些，不再是那种意气的反对，为反对而反对的反对了。

仿吾的《〈呐喊〉批评》，我不能说甚么话，因为《呐喊》我并未曾读完，仿吾的文章也没在我的手里。不过我相信仿吾站在现在的立场来，恐怕他的批评又不同。那些以往的批评，我们用不着再去批评①。就在当时，他的见解也不见得和我们几个就是一致。

拿我自己来说吧。

我所读的鲁迅的第一篇小说是《头发的故事》②，是民国九年在《学灯》的双十节增刊上看到的③。这可以说也是我第一次看见的中国的近代小说。我当时很佩服他，觉得他的观察很深刻，笔调很简练，大有自然主义派的风味。但同时也觉得他的感触太枯燥，色彩太暗淡，总有点和自己的趣味相反驳。——这话是我一点加减乘除也没有的表白，这假如值得说上"批评"，我对于鲁迅先生的批评，截到他的《呐喊》为止，就是这样。

---

① 〔我们用不着再去批评〕最初版、光华版作："我们是用不着再去批评"。
② 〔我所读的鲁迅的第一篇小说是《头发的故事》〕最初版、光华版作："我所读的鲁迅先生的第一篇小说是'发的故事'"。
③ 〔……看到的〕最初版、光华版作："……看见的"。

《呐喊》我是没有读完的。在初出版时（民国十二年），我曾请泰东书局买过一本（当时我寄居在泰东的编辑处）。有一天礼拜日我带着孩子们到吉司菲尔公园时，是带着《呐喊》同去的。我睡在草地上从前面翻读起，读了三分之一的光景，我得的印象依然还是前几年读《头发的故事》时是一样①。但终因和自己的趣味有点反驳了的原故②，所以读了三分之一之后终竟没有读完。达夫虽曾对我说过，《故乡》很不坏，《阿Q正传》也很有一读的价值，但我终是怠慢了，失掉了读的机会。以后的著作便差不多连书名都不清楚了。

这便是我以前对于鲁迅先生的模糊的认识，我相信和仿吾的见解，一定有多少不同。

至于说到最近两三年来"创造社式'革命文学'家的围攻"，那情形完全是两样的。

中国的文艺运动在最近两三年来完全进展到了另一种新的阶段，这是不能否认的事实。

创造社已经不再是前期的创造社了。便宜上我们称那最后一两年的为后期的创造社吧。后期创造社的几位主要的成员，如彭康、朱镜我、李初梨、冯乃超诸人③，他们以战斗的唯物论为立

---

① 〔《头发的故事》〕最初版、光华版作："'发的故事'"。
② 〔……有点反驳了的原故〕最初版作："……有点反驳的原故"，光华版同。
③ 〔朱镜我〕最初版作："朱磬"，光华版同。

场对于当前的文化作普遍的批判，他们几位在最近的新运动上的成绩是不能否认的。

他们的批判不仅限于鲁迅先生一人，他们批判鲁迅先生，也决不是对于"鲁迅"这一个人的攻击。他们的批判对象是文化的整体，所批判的鲁迅先生是以前的"鲁迅"所代表，乃至所认为代表着的文化的一个部门，或一部分的社会意识。

因此，后期创造社的批判和前期创造社的驳斥①，在意识上完全不同。新的批判自然是历史成果②，是一般社会的历史的成果，然而在狭隘小团体的范围之内决没有甚么"历史底"或传统的关系③。

最好又拿我自己说吧。

当在一九二七年的年末，那时鲁迅先生在上海，我也从广东回到了上海。郑伯奇、蒋光慈诸人打算恢复《创造周报》④，请鲁迅先生合作，这个提议我是首先赞成的。记得在报上还登载过启事，以鲁迅先生为首名。我当时并曾对伯奇不止说过一次，有机会是很想和鲁迅先生面谈⑤；但不久我病了，所以这件事情竟

---

① 〔因此，后期创造社的批判和前期创造社的驳斥〕最初版、光华版作："所以后期创造社的批判和前期创造社的驳斥"。

② 〔新的批判自然是历史成果〕最初版作："新的批判自然是历史的成果"，光华版同。

③ 〔狭隘小团体〕最初版作："狭隘的小团体"，光华版同。

④ 〔郑伯奇、蒋光慈诸人〕最初版、光华版作："伯奇光慈诸人"。

⑤ 〔有机会是很想和鲁迅先生面谈〕最初版作："有机会很想和鲁迅先生面谈"，光华版同。

没有实现。至于《创造周报》的没有恢复是因为大家的意思以为不足以为代表一个新的阶段①，所以废除了前议，才有《文化批判》的出世。

这些往事我现在把它写了出来，可以证明创造社的几个人对于鲁迅先生是并没有甚么成见。

然而批判之实质就是战斗。在后期创造社的批判一开始，在内部便生了分化，如张资平便是这样分裂出去了②。在外部便形成了对于鲁迅先生的"围攻"——但与其说是"围攻"，宁可说是激战，因为鲁迅先生守着"语丝"的城垒是在努力应战的。

以往的情形大抵就是这样。总归成一句话，便是创造社的几个人并不曾"将语丝派的几个人看成眼中钉"。

好在创造社这个小团体老早是已经失掉了它的存在了③，"语丝派"这个小团体现在已由鲁迅先生的自我批判把它扬弃了。我们现在都同达到了一个阶段，同立在了一个立场。我们的眼中不再有甚么创造社，我们的眼中不再有甚么语丝派，我们的眼中更没有甚么钉子——自然站在新的立场上来的"眼中钉"是会有的，我们就不必把别人看成钉子，别人是要把钉子钉在你的眼里——然而以往的流水账我们把它打消了吧。

---

① 〔……一个新的阶段〕最初版、光华版作："……一个新的阶段的标帜"。
② 〔张资平〕最初版、光华版作："张资平先生"。
③ 〔……失掉了它的存在了〕最初版作："……失掉了它的存在的"，光华版同。